活字
the living word

the living word

活字
10

大地上的村庄

牛庆国·著

甘肃文化出版社
甘肃·兰州

图书在版编目（CIP）数据

大地上的村庄 / 牛庆国著. -- 兰州：甘肃文化出版社，2025. 1. -- ISBN 978-7-5490-3040-8

Ⅰ．I267

中国国家版本馆CIP数据核字第2025C742B5号

大地上的村庄
DADI SHANG DE CUNZHUANG

牛庆国丨著

责任编辑丨顾　彤
封面设计丨杨　楠

出版发行丨甘肃文化出版社
网　　址丨http://www.gswenhua.cn
投稿邮箱丨gswenhuapress@163.com
地　　址丨甘肃省兰州市城关区曹家巷1号（邮编）730030

营销中心丨贾　莉　王　俊
电　　话丨0931-2131306

印　刷丨兰州银声印务有限公司
开　本丨889毫米×1194毫米　1/32
字　数丨160千
印　张丨9
版　次丨2025年1月第1版
印　次丨2025年1月第1次
书　号丨ISBN 978-7-5490-3040-8
定　价丨49.00元

版权所有 违者必究（举报电话：0931-2131306）
（图书如出现印装质量问题，请与我们联系）

黄土高原　任真　作

大地 陆志宏 作

陇中道情　张少华　作

故乡杏儿岔 阳飏 作

远去的故乡　王安民 作

明亮的村庄

村庄亮出本色

所有的光都来自土地的收藏

黑暗一直在最低处

作为种子　作为果实

也作为农具

有人早已把自己暴露在了那里

即使没有日月　那里也会亮着

一条河从那里出来

一路歌唱着光

目录
Contents

第一辑 风吹大地

- 3　有个村子叫大地湾
- 16　去马家窑看彩陶
- 30　莫高窟里的"农耕图"
- 45　山里的堡子
- 59　陇中的梯田
- 64　一眼眼水窖
- 73　华家岭记
- 78　遇见黄河

第二辑 肩上的灯盏

- 85　笔　砚
- 88　我的理想
- 91　肩上的灯盏
- 95　诗意的地名

100	乡村的诗
113	土豆　土豆
117	温暖的土炕
122	柴火的火
127	过年的那些事儿
132	地骨皮也叫刺皮
136	寻找苦苦菜
141	绿绿的苜蓿
147	瓶装的清油

第三辑　乡村收藏

155	石　磨
157	碌　碡
160	猪尿脬
163	鞋样子
165	女民兵照片
167	小学生集体合影
171	水烟壶　旱烟锅
176	茶罐罐
181	书
185	灯　盏

	189	锅
	193	锁　子
	195	乡村镜头
	199	风起故乡
	201	感恩乡土
	203	草　说
	205	小老树
	207	四季的云
	209	山里的路

第四辑 乡村人家

213	仰望大槐树
219	外来户
231	庄窠
237	坚守
245	偏爱
249	找媳妇
255	他们的爱情
259	铭　记
269	后　记

第一辑

风吹大地

第一辑　风吹大地

有个村子叫大地湾

有时，我站在一座山包上俯视着山下的村庄，就会产生这样的联想：到底是谁第一个来到了这里？这个人是不是就此立住了脚，从此繁衍下来？或者这个人走了，后来的人也走了，但终于有人停下来不走了，他们是因为无路可走了，还是因为黄土高原本来就是一个温暖的怀抱？

一个窑洞是一个家，两个窑洞是邻居，三个窑洞、四个窑洞，或者更多的窑洞连在一起就是一个村子。

那年秋天，我来到大地湾遗址。那天，高远的天空，起伏的山岗，原始的村落，让我的内心忽然有了一种苍茫感。

迎着古老的气息，我首先走进的是一间小屋子，准确地说是钻进去的，因为说它是屋子实在有些勉强，这实际上是在地穴上面用木柱支起的一个草棚，低矮狭小，我用步子丈量了一下，只有几平方米。屋内没有用火的地方，门也设计得很小，里面潮湿闷热，像20世纪七八十年代乡下的瓜棚，秦安一带的人把它叫"庵房"。在这样的屋子里，我们的先民是如何度过漫长而寒冷的冬天呢？

面对这间小房子，我想起了窑洞。

据史料记载，窑洞和穴居是最早出现的人类居所，也是当时主要的居住方式。

先民们最初是住在天然洞穴中的，只是后来由于人口增加，天然的洞穴越来越不够用了，他们这才想到了在背风、阳光充足的地方挖地穴、造窑洞。其实，最初的地穴和窑洞差不多是一个样子，区别在于地穴是在平地上往下挖一个地坑，人住到里面去。为了遮挡雨雪就在地穴上面盖上柴草之类的东西，怕柴草被风吹走，就在柴草上面架了椽，抹上泥；再后来，他们就在地穴上立了柱子，盖上棚子，并慢慢从中悟出了盖房子的道理。而窑洞则多是在靠崖处平挖而成，这种窑洞叫崖窑。

窑洞式住宅一般有这样三种：一种是崖窑，在天然的悬崖土壁上开凿横洞，有的在洞内加砌砖或石块，以防止泥土崩塌,或在洞外砌砖墙,保护崖面。规模较大的窑洞式住宅,还在崖外建房屋,组成的院落被称为"靠崖窑院"。另一种在平坦的岗地上,凿掘方形或长方形的平面深坑,并沿着坑面开凿窑洞,称为"地坑窑"和"天井窑"。还有一种是在地面上,用砖、石、土坯等材料建成的一种"拱券式"房屋,称为"箍窑"。

我见过箍窑的情形,在我小的时候,村里几乎家家住的是箍窑。箍一孔窑要经过打土坯(老家人叫打墼子)、夯窑墩、箍窑顶几个步骤。备好土坯后就开始打窑墩,也就是打窑圈子,这好比是修桥先要打桥墩,夯土筑就的窑墩构成了箍窑的基本形状。当这些粗活做完后,箍窑进入技术性阶段,此时箍窑师傅就着稀泥把土坯一层层地箍成拱形的窑顶,最后抹上一层麦草粗泥,待到晾干后再抹一层细泥,一孔散发着泥土气息的箍窑就形成了。后来,有些条件好的人家,在窑顶上填上土,让窑顶呈双坡面,用麦草泥浆抹光,前后压短椽挑檐,还在上面盖上青瓦,远看像房,近看是窑。

我住过的窑洞在陇中,和陕北、陇东一带的箍窑大同小异。在我的记忆中,父亲箍的那种窑每年秋后还得上一遍泥，因为经过一个夏天的雨水冲刷，窑上的土坯就会露在外面，像一架剥去了皮肉的牛骨架立在那里，这样既不安全，也不防冻，因此，在冬天到来之前，就得和了草泥把窑再抹一遍。后来，在窑上放了瓦，这才避免了上泥的辛苦。

父亲这一生打过三次庄，箍过好多窑。第一次箍窑，是因为我的太爷把我爷爷一家另了出来，我父亲作为我爷爷的长子，且正值当年，就承担起了打庄箍窑的事；第二次是因为我的父亲和我的叔叔分家，我父亲是哥哥，自然就得自己打庄箍窑；第三次是我家的老庄住着不吉利，请了我的七爷拿着针盘看了看，说必须再找一个地方，父亲就毫不犹豫地另外打了一个庄。后来条件好了，窑被挖倒，盖了一院瓦房，连窑的一点痕迹都找不见了。我父亲丢弃的那个旧庄子，先是作为我家的牲口圈，之后送给叔叔当了羊圈，现在里面只住着些野草。后来的院子现在也空着，我有时回去看看，每看一次心里都会生出许多感慨。

陇中一带的院子基本上是一个样式，都是四面土墙，一面开着大门，大门的左边或者右边留着水口，水口上盖着一片碎瓦。大门两边的门框上过年时贴过的春联，一到夏天就被风吹日晒着脱尽了红色，像一个人磨破的袖子在风中一下一下地扇着,只是上面的毛笔字依然清晰可见,无非是"向阳门第春来早,勤劳人家幸福多""福星高照人兴旺,喜气临门财亨通",等等。

大门口拴着毛驴,晒着驴粪,驴粪上走着几只鸡。当然,还拴着一只狗,懒懒地卧在那里,嘴耷拉在地上,耳朵却机敏地竖着,捕捉着远处的声音。据说狗有夜眼,晚上人看不见的东西狗能看见。狗看见了不熟悉的人,就会"汪"地叫一声,"汪"地再叫一声,如果它站起来"汪汪"地叫个不停,那一定是有人走近了它,向庄子里走来。于是,庄子主人就一边喝着狗,让它别叫了,一边趿着鞋从茶炉子后面起身,走出来拦狗,嘴里骂着,就让来人进了门。虽然来人觉得庄子主人好像是在骂人,但也只能权当是骂狗,不计较。

现在的大门口,有停着拖拉机的,有停着摩托车的,也有停着小汽车的,狗还在,但不怎么叫了,因为不管哪种车开来开去,都有机器的声音,不用狗再向主人报信了。

院里正对着大门的是上窑,当然,现在叫上房。上窑是一家人的门面,里面一般都摆了堂桌,有的人家的堂桌放的是一张抽屉桌,有的是一张简易的桌子,如果有张松木的方桌作为堂桌那就是很阔气的了。最差的堂桌是个土台子，这样的桌子越到后来越少见了，渐渐绝迹了。条件好的人家在堂桌上可以放一台收音机，中午或晚上就开足了音量，不仅自家能听着，邻家也能听到。当然，现在放在堂桌上的已经是电视机了，小的换成了大的，黑白的换成了彩色的，有的人家还用上了壁挂式的。当时没有收音机的就摆些玻璃酒瓶，瓶里插着塑料花或者杏花、香柳、山坡上的狗蹄子花。堂桌最中间的位置是一个相框，里面是一位老人，或者两位老人的遗像。照片是黑白的，不论这屋里发生了什么事，时光怎么流逝，相框里的人都保持着一种表情，永远是一副处事不惊的样子。在老人遗像后面的墙上，以前贴着从新华书店买来的毛主席画像，两边的对联是："翻身不忘共产党，幸福不忘毛主席"，或者"吃水不忘挖井人，幸福不忘共产党"；后来也有贴邓小平画像的，两边的对联则是："沃野千里绿，青山万木春"，或是"大地皆春色，神州尽朝晖"，等等。再后来这中堂的内容就丰富多彩了，毛主席像还挂着，邓小平像也还挂着，但还有了"福禄寿图""松鹤图"，两边的对联是："福如东海长流水，寿比南山不老松"；渐渐地，有人挂上了当地的书画家们的作品，有花鸟，有山水，也有工笔。

在中堂的内容不断变化的过程中，上窑已由箍窑变成了自己种的白杨木椽檩盖的房子，后来又拆了，盖成了松椽松檩的大瓦房，窗子上安了玻璃，门已由以前的柳木单扇门变成了松木的双扇门，门上还刷了绿色或红色的漆，过年时就在窗玻璃上贴上媳妇或姑娘，或老奶奶剪的窗花，有"喜鹊登梅"，有"年年有余"，有"多子多福"；门上则贴了骑大马握长枪、吹胡子瞪眼睛的门神，这是木版年画，画得花花绿绿的，最有年的气氛。

上窑里住的是家里的最高长辈，有爷爷奶奶就是爷爷奶奶住。当然，炕少的人家也可以让年龄小的孩子和老人在一张炕上挤着睡，孙子当然是最愿意和爷爷奶奶挤在一起的，他们感觉和爷爷奶奶在一起轻松。上窑也是招待亲戚客人的地方，家里来人了就请到上窑里，脱鞋上炕，熬罐罐茶，谝闲传，也可以留着吃饭，如果是远乡来的亲戚还可以晚上住下来。

上窑的位置一般是坐北朝南，这样，上窑可以用它的后背挡住冬天凌厉的北风，而门窗总是迎着阳光和温暖的南风。据说，上窑只有在这个位置上才是最好的风水。

院子的东边是作为厨房的箍窑，比上窑小；厨房边是更小的小窑，用来放粮食和农具；院子西边的窑是给孩子们住的，和厨房的窑一样大小；西窑边的小窑，是用来装柴火和填炕的驴粪、羊粪的。

住在西窑的孩子，一般是弟兄几个扯着一床被子，夏天当然好过，孩子们甚至可以光着身子睡；但到了冬天就难了，尤其是由于缺少填炕的燃料且炕冰着的时候，孩子们蜷了腿，缩着身子，冷得嘴里吸吸呵呵。这时最好的办法是孩子们紧靠在一起用身体互相取暖，但孩子总是好动，谁一动，冷风就往被子里钻，于是就你说一句我争一句，你蹬一下腿我动一下手，忽然就有一个孩子哭了起来，大人不得不披上衣服去呵斥一通，甚至揭起被子在孩子的光屁股上扇上一通巴掌才能平息这场纷争。

再回到大地湾，看看另一间屋子，虽说这间房子距今已有6000年左右的历史了，但比起刚才看的那间就已经很好了，是属于半地穴式近似于方形的一座房屋遗址。这一时期的房屋由以前的圆形地穴发展成方形或长方形半地穴式，四周出现了墙壁，地面也比较平整。特别是在进门时有一个大大的地坑，应该是用来烧火做饭用的，叫灶坑。在灶坑的后面还有一个小洞，叫藏火洞。那时候没有火柴，火种必须埋在灰里面藏起来才能保存。其实，祖先们发明的这一藏火法，我小时候还见过，那时候为了节约火柴，村里的人常常把火种存放在炕洞里的灰中，到做饭的时候，拿一把干柴，从炕洞里掏出一撮火籽，把火籽包在柴中，吹上几口，干柴就着了，然后把点着的干柴塞到灶口里。假如谁家的炕洞里正好没火了，就拿了干柴到别家的炕洞里去掏。那时为了节约灯油，有的人家吃晚饭时不点灯，就把一根木棍戳到灶口里点燃，举到灶台上舀饭，吃饭是摸黑吃的，这碗吃完了，要再盛一碗时，还是拿了点燃的木棍照明。火和光明多么珍贵！

现在保留火种已不是件多难的事了，即使奥运会的圣火这么重要的火种，也能很好地保留下来。但古人发明保留火种，是个相当漫长的过程。过去取火，可能是天火，后来才可能是钻木取火，再后来可能是用石镰来打火。发现火种可以长期保留，晚上埋在灰里，第二天扒开以后，仍然还在。这一发现比后来人类发现了石油，发现了煤炭，发现了天然气的意义还要重大。火，使人类文明向前迈出了一大步。

在大地湾遗址中，有一座著名的"大房子"。这座大房子距今5000年，由主室和左、右、后三个附室组成，光是主室面积就有128平方米。但这间大房子不是一般人住的，而是大地湾的会议室兼酋长居所，相当于一座宫殿。

大地湾遗址从距今约8000年到距今4800年一共经历了3000多年的岁月，人们的居住条件已从地下、半地下走向了地上，而且房屋格局和性能也发生了根本性的改变，从小面积到大面积，从简单到复杂，从灶坑到灶台，从普通民宅发展到了"宫殿式"建筑。

当我走进这座"宫殿"时，就像去拜访一位辈分很高的老祖宗，或者是去接受酋长的召见，除了几分敬畏，还有几分好奇。我弯下身子，摸了摸古人的地板，竟然这么光滑，用手敲敲，和现在的水泥地面没有什么两样。这个经历了那么多年大自然的洗礼，仍然光滑、平整、坚硬的地面是古人做出来的吗？那时就已经有了水泥吗？

专家们通过化学分析，发现在大地湾的山坡上有一种石料叫料姜石，它跟"大房子"地面的成分相近。这种料姜石在当地的河道里，包括大地湾遗址附近的浅地层里普遍存在。用高温烧制料姜石，就能烧出"大房子"地面的这种"水泥"。研究表明，"大房子"地面和古罗马人用火山灰制成的水泥同属世界上古老的混凝土。

　　至今，秦安大地湾一带的村民还用料姜石做锅台和炕面。在我的老家会宁，有不少地方也有这种料姜石，鸡血石那样红，从黄土下裸露出来，远远看去像大地上的一片伤口。我曾背了背筐，拿了镢头去挖过它，有时候一镢头下去，镢头就被"当"地一下弹起来，而料姜石上只留下一个小白点，后来我发现了窍门，那就是瞅着有缝隙的地方挖，这样一镢头下去就是一块，背回家的料姜石先倒在阳光下晒，晒干了之后就用斧头背一点一点地砸成粉末，之后再倒上水浸泡，泡软了再用镢头背砸，砸好和成泥，抹在灶台和炕头上，一遍遍地抹光了，风干后就坚硬光滑得像石头一样了，有些人家还在上面涂上红颜色，手巧的姑娘、媳妇还会在上面画上荷花、牡丹之类的图案，想必古人第一次在陶罐上画出的图案也是出于这样的爱好。

　　说到画，我们就不得不说说被称作"中国第一画"的"大地湾地画"了。这幅画就画在大地湾大房子的"水泥"地面上，地画长约1.2米，宽约1.1米，分上、下两部分，上部分是两个人物，右侧的人头部略模糊，肩部宽平，上身近长方形，下身两腿交叉直立，似行走状，左臂向上弯曲至头部；左侧的人头近圆形，颈部细长，胸部突出，两腿相交而立，也似行走状，右臂下垂，两人的右手均作握器物状。下部分绘有一条略向右上方斜的黑线长方格，框内画有两个弧线斑纹物体。

有人认为，地画反映的是祖先崇拜；也有人认为，地画上方的是舞蹈形象，而下方的是安葬在墓穴中的两位死者，两个人是在跳一种丧偶舞，表达悼念之情；还有人认为，地画是当时巫术活动的记录，口念咒语，围着下面的棺材，挥舞法器做驱赶妖魔状；另外还有一种看法认为是生殖崇拜。

绕过地画，从"大房子"出来，我的肚子就开始咕咕叫了。这时，如果是在乡下走亲戚或者看朋友，主人一定会让我坐到炕塃上，面前放了一张小炕桌，旁边熬了罐罐茶，留我吃饭。如果是平常的日子，至少可以烙上一张油馍馍，炒上两个鸡蛋；如果正好赶上过年过节，就可以吃上肉了。但这个原始村落里的大地湾人，早已不知去向，没有人招呼我。

来到县城，在一家小饭馆里我吃到了好多年都没吃到的糜面碗砣子。糜面碗砣子，就是把糜面和好了，装在碗里蒸熟的一种糜面馍馍。我又一次尝到了那种古时候被叫作

"黍"的粮食的味道。黍，就是我们现在叫的糜子。

在大地湾一期灰坑中，考古人员采集到了已炭化的黍和油菜籽，其中黍的放射性碳测年距今约7000多年，是中国同类作物中时代最早的标本。这说明陇原大地最早的垦荒者至少在7000多年以前就成功地将野生黍培养成了栽培黍。

离开大地湾好久了，但我还在惦念着大地湾的先民们，他们后来都去了哪里呢？

去马家窑看彩陶

我对马家窑的认识,是从认识陶罐开始的。

那时候,我在会宁县文化局工作,因而常去县博物馆转转。县博物馆很简陋,像小商店货架一样的木格子里,摆放着那些被视为宝贝的坛坛罐罐,很像是一家人的锅碗瓢盆,只是在这么一间有些霉味、土味、腥味,且光线昏暗的"厨房"里,能烹饪出些什么美味呢?那个最大的应该是酸菜缸吧?或者是水缸?或者是用来装米装面的缸?而那个中等的一定是用来腌咸菜的,是咸菜罐。再小的就是碗、盆、勺、壶之类的了。

博物馆的同事给我介绍那一个个挺着大肚子的陶罐时

说，这个是马家窑的，那个是半山的，还有马厂的，都属于马家窑文化。那天我开玩笑说，这些"孕妇们"都快到临产期了吧。当然，这些彩陶要是真能生出些小彩陶来多好。因为那时候的彩陶价格已经很高了，市场上有不少倒卖陶罐的文物贩子，县文化局门口就有一个专门卖字画和陶罐的小商店，老板我认识，我问他那些陶罐的价格，他说不用问了，都是假的。

我对彩陶不在行，认不出真假来，只知道那时候盗挖彩陶的人不少。我还听到这样一个真实的事，是说县上派两个文物干部去乡下调查盗挖文物的事，结果正好在现场碰到了一个文物盗贼，盗贼抱着一个彩陶在前面跑，文物干部在后面追，追了一段路，眼看盗贼就要脱逃了，文物干部急中生智，顺手操起地上的一块木片举起来，气喘吁吁地喊道："站住，再跑我就开枪了。"盗贼回头看了一眼，看出了文物干部手里举的不是枪，就说你开吧，随便开吧。说着就跑远了。

甘肃会宁出土彩陶最多的是牛门洞新石器文化遗址。我曾去过那里，从县城往北驱车几十公里，看到的只是山坳里的一片农田，庄稼在风中起起伏伏，仿佛有意遮掩着什么。

沿着地边走了一圈，心想自己的脚步就是踩在陶罐上的，说不定一脚就会踩出一只陶罐来，但终究没有踩出来。回来查了查有关资料，看到了这样的记述：

牛门洞遗址位于会宁县头寨子镇牛门洞村，面积约16平方公里，遗址内多为墓葬区，也有聚居村落。1920年，当地农民垦荒时首次出土彩陶罐。按照国际惯例先发现先命名的命名法则，本应将新石器这一时期的文化命名为牛门洞文化，但由于会宁当时交通不便、未及时申报等原因，瑞典地质学家兼考古学家安特生及其助手于1924年在临洮马家窑进行挖掘并发现了新石器时代的彩陶，从而马家窑抢在了前面，获得了命名权，而比马家窑出土文物早5年的牛门洞与命名权擦肩而过。牛门洞在1975年大搞农田基本建设时，出土了大量的彩陶器物，制陶工具，并有大量的石器，文化层厚达1~2米，其代表精品有蛙纹双耳彩陶罐、绳纹素陶罐、细颈侈口蓝纹红陶罐、高颈蓝纹双耳罐、高颈蓝纹瓶、灰陶盆红陶鬲、三孔石刀等，属于仰韶文化石岭下类型和马家窑文化马家窑、半山、马厂类型，以及齐家文化、寺洼文化、辛店文化等类型并存的新

石器、青铜器时代遗址。

既然牛门洞没能被命名，那就说说马家窑。

有一年我经过临洮，公路边上不远处就是马家窑遗址，我站在路边望了望，没有看见窑，甚至连窑的一点遗迹都没看见，马家窑人的生活痕迹都深深地埋在那片黄土下面了，黄土地上只有一坡麦苗绿得一漾一漾，让人心动。据说下雨天，顺着山坡找就能找到被雨水冲刷出来的彩陶碎片，但那是一个艳阳天，肯定是看不着陶片的。

但我还是在那里站了好久，在高原强烈的阳光下，我感到"窑"是个很温暖的词。

窑不仅是远古人类栖身之所，更是中国人把泥土烧制成"神话"的地方。陶、砖、瓦、瓷……俑、缸、瓶、瓮、罐……在那些不知名的匠人手下，灵光一闪之时，它们就不仅是一种生活用品了，而是上升为一种泥土的艺术。

在一次偶然的挖掘，或一次无意识的雨水冲刷中，那些露出地面的陶片、瓦片、瓷片，它们是多么寂寞，当它们被一双现代的手抚摸时，它们又是多么羞涩，欲言又止。

而当它们被冷漠地又一次扔到脚下时，它们的心就又一次碎裂了。

有一次，一个朋友告诉我说，陶器刚从地下挖出来时，是不能在阳光下暴晒的，否则就会破裂，必须在阴凉的地方渐渐晾干其身上的潮湿才行，有些不懂行的人盗挖陶器，结果陶器在阳光下一个个都碎了，有些珍品就这样被破坏了。我没有见过在阳光下挖彩陶的情形，当然也就没有见过陶器碎裂的样子，但我相信，埋在地下几千年的它们，一定不适应阳光的猛烈照射，那一刻，它们一定是睁不开眼睛的。

我真正见到马家窑的彩陶，是这年冬天。

那天，马家窑遗址被一场冬雪覆盖着，整个山包像一位坐在路边的穿着羊皮袄的放羊老汉。身边那块水泥牌子上写着"马家窑文化遗址"，是国务院立的，从这块牌子开始，沿着山坡蜿蜒而上的小路，被谁用铁锨铲开了雪，那路便像一根绳子，仿佛要把那块牌子拉到山顶上，或者一直拉到山背后去。沿着那条小路气喘吁吁地爬了上去，我急切得就像是去看望一个多年不见的老朋友。当地的老乡告诉我：右手山崖上坑坑洼洼的地方就是出土了彩陶的马家窑。但那里除了坑坑洼洼的红土，还是坑坑洼洼的红土，像烧陶窑的火一样还在燃烧，只是现在连一个陶片都看不到了，完整的彩陶被那个叫安特生的外国人挖走了，安特生没发现的被后来的中国人挖走了，他们不小心挖破的陶片也被后来寻找马家窑的人们捡走了。此刻的马家窑，只剩下无边的寂寞。

马家窑遗址上看不到陶罐，就到博物馆去看。"马家窑彩陶博物馆"是一家私人博物馆，馆里珍藏着2600多件马家窑的陶器。走在那些陶器中间，就仿佛走在远古的陶窑之中，一件件看过去，心里便慢慢升腾起一种苍茫的时间感和对古人的崇敬感。忽然一回头，恍惚间觉得走在身边的几个人脸庞都像陶罐，不知他们看我的脸是不是也像一个陶罐，我没有好意思问，当然我也没有把自己的感觉告诉他们。

馆长姓王，老王指着一个个彩陶对我说，这上面画的水波纹，那是先民们对水的敬畏和歌颂。后来，先民们看到蛙可以自由自在地在水里出没，又能在陆地上生存，于是又产生了对蛙的崇拜。那时的蛙画得多真实，眼睛、腿都画得很具体，充满了对蛙的敬仰之情。但到后来，对蛙的画法渐渐地就变形了，越变越像我们现在看到的龙的形象了。

老王说，到马家窑彩陶出现的后期，田地出现了，农耕文明已经开启，当时的先民只是在山洞周围的坡地上种一些地，陶罐上那些向下画着方格的半圆形，就是对山地的描画，表达了他们对土地的崇拜。

在那些有土地崇拜内容的陶罐中，我看到其中一件的图案很特别，在大螺旋纹四面的空隙中画着四个黑彩人物，人物迈开大步行走在田野上，甩开两臂，张开五指撒种，撒出的种子漫天飞舞。远古先民就是用这种方法把种子撒到土里的。20世纪八九十年代，这种撒种的方法还在乡下沿用，比如种胡麻、种谷子、种糜子都是这样撒种子的。为什么这些作物不用耧播种，而要用手撒呢？因为这些种子不能埋得太深，否则当它们的苗长出地面时就没有力气再长了，甚至有些种子还会烂在土里，必须把种子撒在地面上，然后轻轻一耱就可以了。当然有些种子则必须埋得深一点，比如麦子就必须用耧播种，而且还要耱得扎实一些。而种土豆则需要埋得更深一些，因此必须先用犁把地犁开了垄沟，再把土豆点种到垄沟里，然后用耱把垄沟耱平了，土豆才能扎下根。当然远古时代，还没有耧，先民们不管是什么种子都是用手撒到土里的，能出多少苗就算多少苗，能收获多少就算多少。

看着陶罐上的那四个黑彩人物，我感到很亲切，像是在老家的山坡上遇见了四个迎风撒种子的乡亲，一个是张三，一个是李四，第三个是王麻子，还有一个应该是黑蛋子。

如果真是在老家的山坡上，我一定会走过去喊他们一声大哥，让他们和我一起坐在地埂上歇息一阵，然后抽上一锅他们的旱烟，或者我掏出兜里的纸烟，一人一支，抽着烟谝谝闲传，说说村里的人和事儿，但博物馆里是不能抽烟的，因此，我摸了摸口袋也就作罢了。

还有一个特别的陶罐，就是太阳神鸟罐，面对这个陶罐，我想起了我国古代后羿射日和凤凰涅槃的故事。

传说中，那时的天上有十个太阳，后羿用弓箭射下了九个，最后一个太阳只是受了伤。当时，是一只凤凰救治好了受伤的太阳，并用燃烧自己的方式把那最后一个太阳推举到天上。传说中凤凰涅槃的地方，就是现在的山东日照市，在日照市有个"太阳鸟"的雕塑，塑的是一只燃烧着的凤凰。相传世界上真有一种鸟，从出生的那一刻起就朝着太阳的方向飞去，那就是太阳鸟。

这件彩陶属于马家窑马厂类型，圆圈内画着"卐"字符号的图案，老王说，根据他的研究这个圆圈表示太阳，圆圈里的"卐"字符号，像一只飞动的鸟。"卐"字符号起源于对太阳的崇拜。

从博物馆出来，我站在雪地上仰望西沉的太阳，感觉那真是一只展翅飞翔的鸟。如果这是只白鸟，那它就是白鹤；如果是只黑鸟，那它就是雄鹰；如果是只五彩的鸟，那它就是凤凰；现在是只红鸟，它就是太阳……

后来，因为搜寻有关马家窑的资料，有朋友送我一本《马家窑彩陶珍品赏析》，照片上的每一个陶罐都那么光彩照人，比我原来在会宁县博物馆见到的那些灰头土脸的实物漂亮多了。一张张看过去，随手写下了这样一些"读图笔记"，现抄上几段——

之一：人头形器口彩陶瓶

一个女孩子拥在一床花被中，或者包在一件花棉袄中，厚花被或者厚棉袄把她裹成了一个瓶子，像裹一个婴儿一样，连胳膊和腿都裹得看不见了，我们只能看到她的脸和头。这一定是个冬天的日子。按理说，她还应该再加上一条头巾什么的，但没有，可能头巾早被大地湾的风吹飞了吧；或者，那天正好是个没风的日子，她就是要露出自己美丽的容颜，在黄土高坡上美出一冬的灿烂。只是她的目光中似有忧郁，是少女的忧郁，还是少妇的哀怨？不好揣测。但她的发型，至今还能见到。见到这样的发型，我总想到那个陶瓶。

　　画册上对"她"是这样描述的：高31.8cm，口径6.8cm。细泥红陶，双腹耳。人头左右和后部披发，前额垂一排整齐的短发，眼、鼻、口皆雕空成洞孔，两耳各有一穿孔。腹部以上施浅红色陶衣黑彩。纹饰由三排弧线三角和斜线组成的二方联图案。20世纪70年代出土于秦安大地湾，现藏甘肃省博物馆，属国家一级文物。

　　之二：浮雕四蛇神人与蛇共舞彩陶罐

　　画册上说，这件宝贝出土于我的家乡会宁。出土的情形没有记载，后来她怎么流落到了异乡一个收藏家的手中也不得而知。但我一看到她，就像他乡遇见了老乡一样，亲切中有几分伤感。要是把她端放在会宁博物馆的那木格子文物架上该多好，即使是她身上落满了尘土，也是在自己的家乡啊！但转而一想，流落或许并不是一件坏事，要是蒙尘在家乡，还不如在流落中放出光华来。比如一个人，假如他在家乡实在混不下去了，一咬牙到外面去了，而且外面的"水土"正好适合他，于是得到了发展，被外面认可，这不是比在家乡好吗？我们常常说"出人才"，人才的出现有时候和文物的出土一样，出来不容易,出来了被认可也不容易。鉴定文物难,鉴定一个人才更难。

这个神人与蛇共舞彩陶罐,在家乡是不是也不被人们认可,从而被当作没用的"烂罐罐"弃之墙角,被一个外地有眼光的人就那么顺手捡走了呢?或者用一个脸盆之类的东西换走,或者只花了三五块钱就买走了?总之,神人与蛇共舞,就这么从古舞到今,舞出了令我们眼睛放光的"神姿"。她心里是不是对家乡有些耿耿于怀呢?她没有告诉我。

这件陶罐的造型特点属于半山类型中期的器物,距今约4500年左右。在罐的腹部绘有四个等距排列的神人纹,神人的圆脸中绘有鼻和嘴的纹样,是近于人脸的模样,与其他彩陶上神人纹的面部几何形纹样不同。在四个神人纹之间,各有一条浮雕蛇,作向上蜿蜒爬行状,蛇身的外侧绘着带状的锯齿纹。四个伸臂展腿的神人纹与四条曲折爬行的浮雕蛇纹相伴和谐,构成了神人与蛇共舞的奇妙图像,显示出神人与蛇互动的感应关系。

闻一多先生在《神话与诗》一书中认为夏禹的"禹"就是蛇名,"禹"字头上就是一条长角的蛇,他还认为"我国古代所谓'禹步'的一种独脚跳舞，本是仿效蛇跳"，并且进一步提出"禹的后裔多属龙族"。《山海经·大荒西经》说禹的儿子夏启"珥两青蛇，乘两龙"。《列子·黄帝篇》也说夏后氏是"蛇身人面"，从这些神话中可看出夏族的图腾由蛇及龙的变化。

许多古籍中描述伏羲和女娲，也都是人首蛇身。在长沙马王堆出土的西汉初期的帛画上，就有人首蛇身的女娲像。洛阳西汉"卜千秋"墓室壁画中，绘有人首蛇身的伏羲和女娲。

这些传说加上彩陶，再加上我们的想象，"人蛇合一"的始祖神就站在我们面前了。

之三：舞蹈纹彩陶壶

画册上对这件陶壶是这样描述的："舞蹈纹壶，马家窑类型。高64cm，口径23cm，腹径52cm。出土于甘肃境内的大通河下游。花纹用黑白两色绘成。以黑彩绘出的舞蹈纹为两组，分别饰于壶两面上腹的中部，一组为3人，一组为2人，皆作携手起舞状，并且只表现头、上身和手。头部为黑色大圆形，内有白色大圆点和环绕的小圆点。脸上没有画五官，而是抽象的圆点纹。舞者身下有三角形的山狀纹，表现人们在山上携手起舞的情景。"

久久地端详着这件彩陶上的人们，我恍惚间感觉到他们手牵着手，踏着音乐的节奏已从陶器上走了下来，在西北黄土高原的山梁上舞动着，音乐是古老的音乐，舞蹈是古老的舞蹈，而且还边舞边唱，当然歌词也是古老的歌词，蓝天白云下，黄土飞腾中，他们在夕阳的映照下，像我们今天看到的皮影戏，或者剪纸……

他们在歌唱什么？他们的舞蹈在表达什么？是在歌唱爱情，还是在欢庆丰收？或者是向上苍或神灵祈祷着什么？

文物专家们说，陶罐上的舞蹈纹是表现以舞降神的，生动地描绘了巫师们手舞足蹈进行法术的情景。这件陶器出土的地方是在甘肃永登县的蒋家坪，当时这一区域应是巫风流行的地方。而且许慎《说文解字》中也说："巫，祝也。女能事无形以舞降神者也。"歌舞为巫之风俗，巫与舞同音，可见舞与巫密不可分。

……

抄着抄着，忽然想起有一年，有朋友送给我一个小陶罐，是用手捏制的那种，先是在书架上摆了些日子，看了看，并不比我小时候玩泥巴捏出来的小鸡小狗高明多少，于是就装到一个纸盒子里搁置起来。再过了些日子，被一个曾经的朋友拿走了。另一个朋友知道了，说太可惜了。我说，不可惜，本来那都是古人送给我们的，谁拿着都一样。但嘴上这样说着，今天写到这里还真有点想念那个粗糙的小东西。

　　试想在当时崎岖且布满荆棘的山路上，一个长发披肩的女人，或一个腰间束着兽皮的男人，提着一陶罐泉水，或者手捧着一陶罐河水，向部落移动的情形，如果再加上一抹夕阳或者月光，或者再加上远处几声野兽的叫声，那晃动的陶罐一定放射出了一种人类安详的光辉……

莫高窟里的"农耕图"

没有看过莫高窟壁画的人们,可能以为那里的壁画都是佛的画,那里的故事都是佛的故事,其实,那里也有不少关于农民和村庄的"农耕图",每一幅我都喜欢。

先说第23窟的《雨中耕作图》吧。这是盛唐时期的一幅画。

画面上用扁担挑着工具走在田间小道上的那个人,怎么看都像是我在村里见过,他的扁担和我家的扁担一样,是榆木削的,中间扁平,两头削尖。就说担草吧,只能用扁担。把拔好的草捆成两捆,一个人举起扁担,把扁担的一头插进其中一捆草捆中间,然后把扁担扛到肩上,用力扛起草捆,把扁担的另一头插进另一捆草捆中间,肩膀往扁担的中间挪一挪,挪到重心处,腰往下一弯,然后猛地一挺,就可以担起两捆草迈开步子走了。如果是一个使惯扁担的人,他就会"闪"着走,就是让扁担一上一下有规律地"闪"着,步子跟着扁担的节奏,迈开小步走,说是走,其实是小跑。如果这边的肩膀被压疼了,可以换到另一个肩上,但脚步不需要停,扁担"闪"着"闪"着,就忽地一下跳到了另一个肩上,继续一"闪"一"闪"地走。这是需要技术的。扁担"闪"到门口了,屁股往下一蹲,两捆草就立在地上了,人从扁担下钻出来,撩起衣袖擦一把额头上的汗,抽出扁担,解开绳索,把绳子一挽,挽到扁担上,扛着扁担就又向山里走去。一个人在山路上"闪"着扁担走,那姿势很优美。夏天拔了麦子,也是用扁担挑的;家里的粮食,要到城里去卖,也是用扁担挑的。壁画上的那人挑着什么,我看不清楚,或许是给田里耕地的人挑午饭呢!地边上那对正和孩子们一起吃饭的农民夫妇或许是另一家人,他们是在旁边的地里劳作,他们家的饭已经送来了,他们的午饭吃些什么呢?我仿佛闻到了韭菜、咸菜、苦苦菜、酸菜的味道。

画面正中的人正在雨中耕地,穿一身黑衣,戴一顶草帽，草帽只能遮住他的头和脸。一头红牛，在乌云翻滚的天底下，鲜亮得像一面旗帜，当然最好别是一面旗帜，要不谁一高兴把旗举起来挥舞，雨中干活的老牛就会被挥得晕头转向了，不过这头红牛还真有唐朝的风格，是一头胖牛，比较丰满，晕上一阵，还能坚持。如果是一头瘦牛，挥舞几下，可能就挥成一把牛骨头了。

只是有一点，让我想了好久，雨中怎么能耕地呢？在我的老家，雨天可是不能进地的，因为地湿的时候人在地里踩一个脚印，天晴后阳光一晒，那脚印就会板结，这种板结了的土不长庄稼，但适合苦苦菜生长，谁如果踩了雨天的地，地里的庄稼长不好，就会长出满地的苦苦菜。后来我才搞清楚，我老家的地是黄土地，土的黏性大，但敦煌的土地是沙地，土中有了沙子，土就不会板结，就不怕人踩牛踏了。雨中耕作的那人，此刻一定能听得见脚下沙子的鸣响。唐朝的沙子在鸣响。

第445窟北壁的弥勒经变图，也是盛唐时期的一幅耕作图。图中表现了耕地、播种、收割、运载、田间进食、打场、扬场、粮食入仓等情景，可算得上是唐代的《清明上河图》了。图画的本意是要表现《弥勒下生经》中所说"雨泽随时，谷稼滋茂，不生草秽，一种七获，用功甚少，所收甚多"的内容。但该图通过十分写实的画面，真实地反映了当时的农业生产过程和农民的劳动生活，以及使用的生产工具，包括曲辕犁（俗称二牛抬杠）、镰刀、牛车、连枷、六股杈、长把扫帚、簸箕等。

在这幅收获劳作的画面上方有一处收租图，图中有一屋，屋里坐着一个头戴软巾、身穿圆领长袍、腰束丝带的主人，他后靠椅背，安然自在。外间一个管家模样的人正在向他汇报着什么。屋外堆着大堆的粮食，粮堆旁有量器。屋内是悠闲自在的地主，屋外是在烈日下劳作的农民，描绘了唐代地主庄园中监督劳作和催缴地租的情景。图画中地主的表情已斑驳模糊，因此我无法看清那是一张怎样的面孔。

为了搜集敦煌壁画中有关农业的壁画介绍，我从网上购买了一套《中国古代耕织图》，是中国农业博物馆编的，很精美，花钱是多了点，加上邮费，整整400元人民币，这个价在当时可以买一头耕地的牛，或者近400斤小麦了，但我还是一咬牙买了。当我手捧着厚厚的两大本彩印的"耕织图"时，竟然有种如获至宝的感觉，我一页页读过去，忍不住在图画的空白处，用铅笔写下了一些句子，有点模仿西晋大书法家索靖在敦煌仙岩寺题字的感觉。

在西晋时，莫高窟就已经作为敦煌的名胜，经常吸引当地的文人雅士、地方绅士在此挥毫泼墨。如果用现在的目光看，他们有点像在旅游景点上胡写乱画"到此一游"的不文明行为，而且他们根本不知道这种"不文明行为"竟然被后人一再模仿，成了一种不良行为。但名家毕竟是名家，他们的胡写乱画有时候就成了重要的"文化事件"。比如索靖，作为西晋司空的著名大书法家，他在仙岩寺的题字就成了现知最早记载与莫高窟佛教遗迹有关的历史人物。据说他题字的书法是鸟虫体，是流行较早的一种书法体，为象形文字。

我不是索靖，不敢在莫高窟的洞壁上写字，甚至在参观那些洞窟时，连大声咳嗽都不敢。有感而发，就只能小心地写在书的空白处。

第25窟《耕获图》（中唐）：

也许是视角的错误，我总感觉画面下部的这对牛，黑牛比红牛走得快了点，俗话说："打黑牛，惊黄牛。"如果"黑牛"被打了，这头"红牛"怎么就不惊呢？许是它知道打了黑牛，就轮到打红牛了，它在等着，可主人正忙着双手扶犁，没有打它。不打也是经验，因为耕地耕到需要转弯的时候，就是要一头牛走快点，另一头牛走慢点，尤其是当耕到地埂下时，靠地埂的那头牛就得紧走几步，外面的那头则需要慢走，甚至不走，耕地的人把犁斜划过去，才能把地埂下的地耕上，才不会留下死角。只是这幅画上的牛显然没有到转弯的时候。两头牛并驾齐驱的时候，一头牛走快点，就会让走得慢点的那头牛有点难受。这头黑牛挨打的原因，我想是因为它走在正被收割的一片庄稼边上，要不是给它一鞭子的提醒，怕它一偏头，把嘴伸到庄稼上去。至于那是什么庄稼，我不认识，其实更像是苜蓿，即使是苜蓿也不能让牛偷嘴。只是黑牛一走快，架在脖子上的杠就被拉斜了，红牛也得走快了才能保持杠的平衡，否则那杠子就撬疼了脖子。我不知道是挨了打的那头牛难受呢，还是没挨打的那头更难受？

第154窟《耕种图》（中唐）：

这幅画中的一对牛，也是黑牛似乎比红牛走得快了一点，而且扶犁的人正好在黑牛的一边举起了鞭子，显然黑牛已看到了鞭子的举动，甚至听到了鞭子飞舞的呼啸声，它用力的过程尾巴都微微翘了起来，不像红牛还夹着尾巴。当然，那鞭子或许只是在手中举着，或者只是在空中抡着圈子，吓吓牛而已，相当于"警示"，但黑牛还是放快了脚步，要是它对这种

"警示"不在意的话，那鞭子就会真的落到身上了。鞭子一直在那里抡着，那画面上的斑驳之处，莫非就是被那鞭子抽的？你看那些裂缝，像不像一条条鞭影？那是时间的鞭影。

在耕牛旁边的一块地里，一个人正蹲在地上收割庄稼。地不大，像是用两块红毡拼在一起，而耕地的人和收割庄稼的人就是红毡上的两个图案了。一边是在耕地，一边是在收割，这个季节应该是秋天了。敦煌的"秋老虎"肯定很厉害，因此，画面上的两个人都戴着草帽。许是草帽遮挡了强烈的紫外线吧，画面上两个人的皮肤都很白，没有我们现在常见的高原人那么黑，更看不见他们脸上的"高原红"。

第12窟《雨中耕作图》（晚唐）：

在这幅画上，是两头红牛在拉犁耕地，看两头牛屁股下塌的样子，就知道是耕田的人在雨中用力抽打着牛，但我不说牛了，我要说说犁。虽然这幅画上的犁被牛挡住了许多，没有第361窟《牛耕图》和154窟《耕种图》中的犁那么清楚，但可以肯定它们是同一时期的犁，是那种曲辕犁，作为唐代先进的生产工具，和现代的犁已几乎没有什么区别。

唐代陆龟蒙在《耒耜经》中就记载了这种曲辕犁的构成。这种犁是把前代耕犁的直辕长辕改成曲辕短辕，并在辕头上安装可以转动的犁磐，便于转弯和调头，以提高耕作速度；犁评和犁箭可以调整入土深度，适应深耕浅耕的不同需要；犁壁和保护犁壁的犁策可以翻土，起垄作亩，有利于精耕。

我国很早就发明了耒耜，耒耜用来翻整土地播种庄稼，后来，耒耜就发展成了犁。不过在战国以前，人们使用的只是石制、木制、骨制和少量的铜制犁整地工具。随着牛耕的出现和冶铁业的兴起，战国时期便出现了铁制的耕犁。汉代的耕犁得到了进一步的发展，并且在全国各地广泛使用。到了唐代，陆龟蒙所叙述的耕犁已是中国耕犁发展到比较完备阶段的典型农用工具。宋元以后，耕犁的形式更加多样化，各地创造了很多新式的耕犁。南方水田用犁镵，北方旱地用犁铧，耕种草莽用犁镑，开垦芦苇蒿莱等荒地用犁刀，耕种海滩地用耧锄。据史料记载，在整个古代社会，我国耕犁的发展水平一直处于世界农业技术发展的前列。

第445窟《农耕图》（盛唐）：

看见画上的耧车，我就想起乡下的春天。一大早，吆上毛驴，给驴背上搭上半口袋种子，人则肩扛着耧就上地了，耧的木架很长，人只能钻在中间扛着，如果走到弯路上不小心，耧架的一角碰到地埂上，就会把人碰个趔趄，所以扛耧走路得小心才是。到了地里，将木架套在驴脖颈上，随着人的一声吆喝，驴就拉着耧起步走了，而人则扶着耧柄左右摇摆起来，技术高的人摇耧就能摇得均匀，落在地里的种子稠稀适当，不会摇的人则要么摇稠了，要么摇稀了，等到种子出苗了一看，有的密得连针都扎不进去，有的地方却什么也没长，像一个人头上得过秃疮，有一疤没一疤的。耧铃响起来了，这就是乡下真正的春天的声音。

但那时乡下用的耧和这幅画上的耧是不一样的，画上的是三脚耧，而我们家用的是两脚耧。

据有关资料，我国在战国时期就有了播种机械。汉武帝的时候，担任过搜粟都尉的赵过，总结农民经验，发明了"三耧共一牛"的耧车。这种耧可以一边犁地，一边将种子通过空心的漏斗撒下，还能同时完成开沟、下种、覆斗三道工序，而且可以一次播种三行，大大节省人力和畜力，汉武帝曾下令在全国推广这种先进的播种机。将三脚耧传入敦煌的是三国时期的敦煌太守皇甫隆，他看到当时的敦煌人还不知道耧，就教给当地百姓用"耧犁"下种的方法。

现在，汉代三脚耧复原模型陈列在中国历史博物馆里，它实际上是现代播种机的始祖。

然而，3世纪时我们的祖先就已经发明了的三脚耧，直到20世纪80年代中期，我才得以见到。那时，我在县城工作，县农机厂出了一种铁制的耧，是三脚耧，比当时农村用的木制两脚耧显然先进了许多。只是由于当时产品数量有限，乡下人只能通过关系才能买到。我有幸抢购了一台。记得父亲把它从县城扛到家里的时候，一路上招来了许多羡慕的目光，碰见熟人，父亲就干脆把耧放到地上，让人家这儿摸摸，那儿揣揣，父亲站在旁边，目光中透着自豪。现在想来，我虽然出门在外数十年，却没有给家里办过多少实事，只有给老父亲买过一张铁耧，让他老人家沾了一点我这个"当官"的儿子的光。好惭愧。

有一年我回家探亲，在弟弟的一间仓房里，看到了老式的木犁和步犁，还有柠条编的耱，打土坯的石头杵子，以及打场用的连枷，扬场用的耙和杈，铡草用的铡刀和铡墩，填炕用的推耙，包括锄头、铁锨、镢头、铲子等，我说可以开一个农具博物馆了，弟弟笑了笑，让我再看看他的新式家当，拖拉机、铺膜机、脱粒机、播种机、点种机……但凡市场上有的新农具他都有，尤其是那个点种机让我很感兴趣，一个直径一尺左右的铁皮圆盘，和过去装电影胶片的圆盘差不多，圆盘周边是六个等距离的耧脚，将种子装在圆盘中，用手推动安在圆盘上的长柄，圆盘就转动起来，种子便从耧脚中点到了地里，而且还不用牲口拉，一个人推着就行了。弟弟说，这是专门用来点种玉米的，边说边推着那"圆盘机"给我示范了一下。我说真是好啊，我们现在的农具真的比过去先进多了。

……

在敦煌壁画中，有关农耕的壁画还有第205窟的《一种七获图》（中唐）、第196窟的《耕获图》（晚唐）、第85窟的《耕种》（晚唐）、第12窟的《农耕收获图》（晚唐）、第61窟的《春碓》《牛耕图》《耕获图》《推磨图》（五代）、第55窟的《耕作图》（宋代），等等。

除了敦煌壁画，我还在嘉峪关魏晋墓壁画、酒泉丁家闸十六国墓壁画、宁夏银川西夏王陵壁画、山西的金代壁画和元末明初的壁画中看到过农耕内容，包括二牛犁地、耙地、耱地、播种、打场、扬场和农具图、喂牛图、农耕祭祀图等。

在嘉峪关出土的魏晋一号墓中有这样一块砖画，画面从中间分为上下两组，每组前面是二牛抬杠拉犁，一男子在扶犁耕地,右手扶犁,左手高举扬鞭;中间各为一女子,左手持盛器,右手挥撒种子;后面一组为耙地的场面,每组是二牛抬杠拉一耙,各有一男子以右手拽缰绳,左手叉腰。魏晋时期的耕作方式,我们至今还在沿用。

在四号墓的砖画中,表现了另一种生产场面:画面前方为一女人,女人的左臂下是一只筐子,她向前跨步,神情专注地在撒种;后边为一男子,双手高举木耙在平地。面对这幅画,我特别想看清那女子的筐子是用什么编的。我在乡下见过的筐子多为竹子编的,也有用旱柳的细柳条编的。竹子编的筐子是从城里买的,要花钱;柳条编的则是靠自己的手艺,是不用花钱的。柳树就在沟边上长着,秋天的时候,爬上去用斧头砍下一根稍粗的树枝,弯成筐的手把,再用细枝缠绕着手把编,利用饭后睡前的时间,两三天就可编出一只筐子来。这柳条筐若是自家用的,就编大点;若是为了那时在生产队里担粪土,就编小点,因为那时每个劳力的工分,是按担的次数算的,筐子小了,就装得少,人轻松。我那时没有用过担,只用背笼背,因为力气小,背着一背笼的草木灰,从村里出来,爬到山坡上时中间要歇几次,每次都是瞅准了一个地埂就靠上去,但每次背笼靠过的地方都会留下一坨灰，那灰是从背筺的缝隙里漏出去的，因此，真正背到地里的灰就只剩背筺底里的那一点点了，但我还是得背，为的是要挣工分，那时的口粮可是按工分算的。当然，魏晋时期的嘉峪关还没有生产队，他们要么是给自己干活，要么是给地主干，不管给谁干，都不会"磨洋工"，古代人肯定比现代人老实，这从他们认真卖力的样子就可以看出来。至于，那个嘉峪关女人的筐子，我想肯定是用柳条编的，而且还是红柳的柳条。红柳的筐子是不是比旱柳的要好用一些呢？我不知道，我只记得那年去河西，正是红柳开花的季节，尤其是还去了一个叫"花海"的村子，那真是一片海一样大的花地，车子在一片红柳中穿行，我一时间竟忘了这是在戈壁中……

据介绍，绘画中出现农耕图案的时间很早，秦汉时期流行，魏晋隋唐时已经很普遍。南宋楼璹创制"耕织图"，以后历代相延，清代达到高峰。绘画中的"耕织图"包括壁画、卷轴、册页、瓷绘，等等。

楼璹是南宋于潜（今临安）县令，他在任职期间，"深领帝旨"，"笃意民事，慨念农夫蚕妇之作苦，究访始末，为耕织二图。耕自浸种以至入仓，凡二十一事。织自浴蚕以至剪帛，凡二十四事。事为之图，系以五言诗一章，章八句。农桑之务，曲尽情状，虽四方习俗间有不同，其大略不外于此"。他以绘画配诗的形式，详细描述了农耕和蚕织的全过程，这是一大创举。

楼璹作为县令，还是个画画写诗之人，而且他的诗画还得到了高宗皇帝赵构的表彰，因此一下子"红"遍全国，且一直"红"了下去。因为他的诗画不仅对推动当时的农业生产发挥了重要作用，其绘画的农桑生产的各个环节，也成为后人研究宋代农业生产技术最珍贵的形象资料。宋宁宗嘉定三年（1210年），楼璹之孙楼洪、楼深等，以石刻"耕织图"传于后世。南宋理宗嘉熙元年（1237年）有汪纲木刻复制本"耕织图"。元代程棨摹本"耕织图"也是据楼本绘制进献。明万历间所作《便民图纂》也是以《便民纂》和"耕织图"合编而成的。直到清末，创作与颁布仍绵延不绝。我想，如果从美术的角度讲，古今中外恐怕没有一个画家有楼璹这样的影响。

说着楼璹，想起一个当代作家兼画家的人，叫汪曾祺，当他被下放劳动时，奉命画一套马铃薯图谱，画完一个整薯，还要切开来画一个剖面，画完了，薯块就再无用处，随手埋进牛粪火里，烤烤，吃掉。他说：像他一样吃过那么多品种马铃薯的，全国盖无二人。可惜的是汪先生把画马铃薯图谱只当成了"工作"，而没有把它当成一项事业，要不，以他的才情，还不成了一个画马铃薯的大画家，让他的马铃薯和梵·高的土豆一样出名？至少也可以成为"耕织图"的一部分吧。但他没有。

现存清代本"耕织图"几乎都是以康熙时宫廷画师焦秉贞的稿本为原型，略加变化而成。焦秉贞绘"耕织图"以耕、织各23幅的册页形态，重绘种稻与蚕织的生产步骤，并于画上空白处各题五言诗一首，兼具说明与咏赞之意。康熙又为每幅画另题一首七绝诗加于图上方，而且亲题长序，命名为《御制耕织图全图》，以倡导农事与女红。

两大本《中国古代耕织图》，一页页翻过去，再看看莫高窟壁画上的"农耕图"，就仿佛在中国的古代农业中走了一遍。

山里的堡子

一

冬日一个极平常的下午。

天空蓝着,是一种淡蓝,仿佛里面掺杂了雪。几条白云,懒散地移动着,比时光还慢。阳光也是慢悠悠地照着,就像好多年以前那样,照着今天的村庄,我想,好多年后阳光还会这样照着。有一些积雪在角角落落里慢慢地化着,像一些心事。偶尔听见远处山坡上寻找草根吃的一只羊刚睡醒似的咩了一声,仿佛把另一只羊吵醒了,也咩了一声。后来,有人在山梁上吼了几声秦腔,那悲怆得撕心裂肺的旋律，让天空忽然一阵战栗。

那时，我站在一座土堡前。阳光斜斜地照过来，土堡庞大的影子投在地上，仿佛那影子也有了重量，要把这冻实了的土地砸个坑似的，而人的影子，则轻得像正在晾晒的一件黑衣服。

一个人在并不遥远的历史面前都如此弱小，在久远的历史面前那就更不值一提了。只是沉重的影子终将被埋进土里，而轻的影子则跟着一个人四处游走。

每次回到乡下，我都会对乡村的历史产生浓厚的兴趣，而土堡则是乡村历史的一个标点，远远看着是一个逗号，或者是省略号中的一个小圆点，走近了看却是一个句号。当然，标点只表达语气和情感，而最关键的内容还是散落在泥土里的"文字"。

当你从城里出来，在那些大大小小奇形怪状的山间穿行，奔向隐居在山坳里的村庄时，偶尔一抬头，就常常会看到山顶上坐落着一个或圆或方的堡子，虽说在风雨剥蚀中，有的堡墙坍塌了，堡内的断壁残垣中长满了野草，成为一些小动物出没的地方，但依稀可见当年的高大与雄伟。

甘肃礼县有个大堡子山，山里埋着秦人的先祖，当然也埋了好多好多的文物，我们可以想象当年大堡子的规模和发生在堡子里的更多的故事，只是现在只剩下了以堡子命名的山，大堡子早已在岁月的烟雨中隐身而去。

我有一个在礼县工作的诗人朋友，我曾打电话给他，问他大堡子山的情形，那天诗人的声音很清脆，像敲击着大堡子山的青铜器，当然他说的是土话，是和大堡子山的土一样土的土话。他邀我到大堡子山来看看，虽说大堡子山的堡子没有了，但在大堡子山周围的山上还有好多的堡子，有大有小，有的至今还完整着，当然现在都空着，没有人住在那里，也好多年都没人进去了，我们不妨进去看看，一个一个地看，好好地检阅一次。好多的堡子，在我的想象里那就是一群堡子了，堡子也能像羊一样成群吗？多壮观。

我终于去了一趟大堡子山，在诗人朋友的陪同下看到了山上大堡子的遗迹，那里已是荒草铺地，当然还看到了挖掘后的墓坑。听着诗人朋友讲述大堡子山当年出土的珍贵文物和那时盗挖文物的场面，我心里一阵阵隐隐作痛。向山下看了看，是蜿蜒的西汉水，诗人说，《诗经》中"有位佳人，在水一方"的"水"就是西汉水，经他这么一说，在我眼里，西汉水就流得很有文化了。再向周围的山上看了看，堡子是看到了几座，隐隐地，坐在大大小小的山头上，不像一群羊，而像是山头上刚刚露出地面的青铜鼎。我这样想时，看着站在身边的诗人，高大魁梧的身体，多像秦代的一位壮士。

当然，堡子不都是建在山头上的，也有的土堡建在村里的平坦处，周围空旷，土堡兀立，成为村里最大的庄子。是的，土堡其实也是一个庄子，是比一般庄户人家的庄子还高还大的庄子。如果按这个说法，城市也是一个土堡，只是比乡下的土堡更大而已。那么，一个国家是不是也是一座土堡呢？我想应该是，当年秦始皇修的长城应该就是这个国家大堡子的堡墙。

我现在面对的这座土堡是筑在村子中间的，至于是筑于什么年代，连村里的老人都不记得了，只说有些年头了，是村里的地主家筑的。我大致目测了一下，堡子的长和宽各50步左右，高不过七八丈，这应该说是一个小堡子。堡墙已经很单薄了，墙头上最单薄处的几片墙（是几片，而不是几堵，因为它们已承担不起"堵"这个词了，如果叫它们"几堵墙"，它们能堵住什么呢？）眼看着就要朝堡子外面倒下去了，但就是一直没倒。墙上还能看到当年筑堡时一排排木椽夹过的痕迹，像一个瘦得皮包骨头的人，露出了肋骨。再瘦的人，也不会连骨头都瘦得没有了。堡子的骨头还在。

土堡墙头上那一排供瞭望或射击的孔也还在，只是比原来大了许多。此刻，一阵风从堡墙下刮了过去，被前面挡了一下又折了回来，风中带着土和草屑，还有晒干的驴粪、羊粪的碎片。恍惚间，它们像一伙围着堡子的土匪，因为堡门关着，只在堡子外面咆哮着、奔走着、挥舞着刀枪……

乡村的土堡就是一座座简易的防御工事，它的作用相当于一座城池，一个村子筑起这么一座土堡，使得以打家劫舍为生的土匪只能望堡兴叹，从而一次次保全了村庄。

土堡分官堡和民堡两种。所谓官堡，就是当时由地方官员出面组织村民修筑的堡子，这些堡子要比一般的土堡大一些，也坚固一些，耗费的民力当然会更多，官员安排下来各家都要出力出钱，统一规划施工，不出钱出力者就会被定为"通匪"，"通匪"那可是个很吓人的罪。为了把土堡修筑得坚固耐用，筑土堡的土大多是被开水蒸煮过的，用这样的土筑的堡子既牢固也不会长出草来。一版一版的土之间也黏合得非常紧密，杵子窝也是上下相对严丝合缝，其结实程度让人叹为观止。土堡的墙头非常宽阔，可以几人并行，也可以扬鞭走马。而一些以姓氏冠名的土堡，大多是民堡，由村里的大户牵头，村民们共同出力出钱修筑，规模相对要小一些。也有的大户自己修筑一座私人堡子，一家人住在里面，堡子就是家。有的私人堡子在四角上还修了高房，相当于瞭望哨所，如果有土匪来袭，就可以从高房上及早发现。

堡在古代文献中有许多的称呼，比如坞、堡、壁、垒、砦、坞堡、坞壁、垒壁、堡壁等。嘉峪关出土的魏晋墓壁画中，就有魏晋时河西地区庄园坞堡的内容。

关于堡子的起源，据一些学者考证，大概起源于汉代初年的徙民实边政策。晁错曾对汉文帝进谏，与其每年派人轮流戍边，不如选派迁徙一些人常年居住，平时生产，战时戍守。这些人每千家一堡，城高堑深，堡外埋设雷石，广布蒺藜，堡民边耕边守。后来的堡，基本上沿袭了这种形制，一般主要设置于边陲之地。西汉末年，天下大乱，富家大户纷纷设防自保，于是地主豪强的坞堡开始在内地大量出现。此后，坞堡逐渐成了乱世人们结社自保的一种有效方式。因此，每逢乱世，这种自卫性的坞堡便如雨后春笋一样遍地林立。

二

说土堡，就必须说土匪。民国年间，在我老家一带出过一个很有名的土匪头子，名叫马三十七。

马三十七名字的来由，据说是因为他的父亲在37岁时才生的他，因而才起了这么个名字；也有人说是因为他长了一颗硕大的脑袋，有37斤重，人们便这样叫他。直到现在，村里人还拿马三十七做比喻，说某个人狠毒时，就说他"像马三十七一样"。我小的时候，大人们被孩子哭闹烦了，就吓唬孩子："别哭了，马三十七来了。"孩子立马噤声，孩子没见过马三十七，他怕啥呢？这大半是因为大人们做出很怕的样子，而让孩子在懵懂中感到了恐惧。

传统上，人们当土匪都是逼上梁山的结果。早期的土匪，只有在荒年乱世时，人们实在没法活下去的时候，才铤而走险，抢些财物赖以为生，所以土匪的种类比较单一。但到了近代中国，由于社会的动荡不安，再加上自然灾害等原因，土匪的种类就繁多起来。在土匪这个特殊的群体里，容纳着从主流社会里逃离出来的各种各样的角色。英国的菲尔·别林斯里把土匪分为"偶尔为之者"和"职业土匪"两种类型，他说，偶尔为之者把土匪活动看作临时的出路，因为他们行窃或是面临饥饿的威胁，或是遭遇短期的生活危机，大部分匪徒都属偶尔为之者。职业土匪则把土匪活动看作长期的生活方式。

有人曾摘抄过兰州的一家报纸登载的匪患情况，现转抄在这里：

——1月6日，前窜扰通渭一带的某部变兵八十余人，被通渭保安大队副董念庭率队击溃。

——1月7日，临洮某商人运货在东洮蔡家岭被劫，死脚夫二人。

——1月8日，川匪唐倪部窜阳坝积极向成康扰乱。杜友华匪在武山招集地痞流氓扰乱地方，鲁大昌师长电驻岷梁旅勒令限期解散。

——1月9日，武山土匪三五成群劫掠村落，何家门榜罗里等山集有股匪百余人。康乐莲花发现有枪股匪四十余人，被保安队击溃窜入临潭境。

——1月10日，恶匪马飞禽在皋兰县属蔡家河结伙打劫，被侦缉队捕获。

——1月11日，刘湘电请协剿股匪唐部，匪有枪三百余，极为强悍。

——1月12日，皋兰阿干镇壮丁队捕获到处抢劫的土匪杨发和等三人。

——1月14日，岷县有骑匪数十，枪马齐全，又在关上劫去保安队枪十六支，地方治安极为棘手。

——1月17日，渭源保安队击毙匪首杨彦彪等三人。景泰县解款委员会在离县二十里的罗家嘴被劫。

——1月19日，洮沙及榆中交界的马衔山发现土匪数十名，不时下山行劫，由靖远来的邮差在大川渡被劫。

——1月22日，临潭土匪李和义在冶黑闼大肆抢劫，自夺得朱团总枪多支后，移驻上冶枸瓦寺……

——1月28日，清水壮丁队分队长米怀仓等剿匪殉难。

在近一个月的时间里，见诸报端的匪患就12起。而这实际上，仅仅是很少的一部分，不知还有多少没有报道的匪徒活动。而小股土匪的抢劫更是时时都有。

那时，一些职业土匪的经验相当丰富，他们甚至先不进村庄，骑着马在堡门关闭前迅速赶往土堡。发现土堡被土匪占了，人们又转过身来，往回跑。也有一些跑不动的老年人常常落在土匪的手里，土匪对他们严刑拷打，逼他们说出钱财埋在哪里。

我在《会宁县志》中看到了这样的记载：

——民国十七年（1928年）9月7日，以杨老二（原名杨子禄，西吉豫旺川人）、马顺为首的3000余人陷城，掳掠一空，损失惨重。

——民国十八年（1929年）7月23日，吴发荣、马顺千余人，由青江驿东来，拂晓破城，杀戮20余人；12月11日，王富德率众千余人，由新添堡南来，绕城而过，至北二十里铺大肆抢劫。

——民国三十五年（1946年），国民军驻静宁县部队实行清乡，捕杀会宁县炭山沟惯匪头子咸海清、白疯子等人，枭首示众于南城门外。

——民国三十六年（1947年）秋季，炭山沟惯匪内部矛盾激化，马维成谋杀马三十七、南喜喜等3人，枭首示众南城门。

——1949年10月6日拂晓，土匪百余人，抢劫第五区（河畔）区公署，打死民兵1人，抢走步枪51支；10月11日，中共会宁县委发出《关于肃清反动武装的指示》，至年底全县共收缴各类枪支824支，各种弹药10938发。10月30日，第三区（翟家所）区公署组织民兵8人，伏击从土地庙过路土匪，打死打伤匪徒各2人，缴获机枪1挺，步枪1支。

——1950年10月14日，定西专署公安处发出逮捕"西北反共自卫军"会宁头目王五田的命令。11月11日攻破其堡寨，击毙王五田，全歼守敌，缴获武器弹药甚多。

从1950年12月以后，在《会宁县志》中才没有了关于土匪的记载。

三

那天，从堡子里出来一个人，很热情，硬要拉我到堡子里去，说这大冬天的，赶紧到屋里暖和暖和。我早就想到那堡子里去看看了，便没有推辞。

那人是这个堡子的后人，现在的主人。我被领着绕过了大半个堡子才来到堡门。堡门还是过去的堡门，足有一巴掌厚的榆木门板，用一根大粗橡拴着，门被推开时的"吱呀"声沉重而古老。这么大的门，安在高大的堡墙上，却显得小鼻子小眼，多少有些不协调。门洞黑而深，且冷。当然，门洞多深，堡墙就多厚。进去一看，堡子里是一个四合院，正对着堡门的上房，瓷砖贴面，玻璃门窗，我被主人热情地招呼着进了上房，房子里有一个铁皮炉子，一个老人坐在沙发上熬着罐罐茶，炉子上还烤着油馍馍；堂桌上的电视机开着，正唱着一首流行歌曲《今天是个好日子》，演员很漂亮，歌曲很好听，屋子很温暖。我被让到沙发上坐下，点上烟，刚抽了两口，主人已转身从柜子里拎出一瓶酒，摆上了酒盅，接着女主人就按照男主人的吩咐端来了凉拌瘦肉，推辞已来不及了，就喝吧，就吃吧。

主人是个豪爽好客的人。改革开放头几年，我俩在县城里喝过一次酒。

记得我们进了一家小饭馆，他点了三个菜，一个是土豆丝，一个是酸白菜，还有二两猪头肉。酒是几块钱一瓶的川曲。我们坐在靠窗的座位上，一扭头就能看见街上走过的人们。菜自然是三下两下就吃完了，然后我们就吃馒头，吃着馒头喝酒，旁若无人地划着拳，大声说着村里的人和事。服务员几次催问我们要不要加菜，我们说不要。我没有多少钱，他刚出来闯荡，也没有多少钱。没钱，但酒还是喝了，喝酒是一种情谊。这场酒一直喝到了半夜，我们两个人都喝醉了，说到动情处，我们还都流了泪。当然，那泪里肯定有很高的酒的成分。那泪也一定醉人。

此刻，喝酒的情形自然和多年以前大不一样了。几杯酒下肚，话却和多年前一样越来越多了，从过去说到现在，又从现在说到过去，也同样一直说到了半夜。

他说，听老人们讲，以前这个村子因为土地好，人口很旺，可到了清朝同治年间，一下子冒出来好多土匪，村里人为了躲避土匪，在河边的悬崖上挖了许多窑洞住，洞口在半空中，最后，土匪来了就用石磨子堵上，或者在洞口用事先准备好的石头往下砸。土匪没有办法，就把柴草一捆一捆地往悬崖下扔，堆到齐洞口时，放火点着，浓烟顺着洞口往里窜，里面的人就被活活熏死，一个村子就这样没人烟了。直到后来，从通渭过来了一家人，这就是他们的祖先。他们的祖先说，当时这个村子里到处长着一人高的蒿草，放火烧了蒿草，用镢头开始挖地，那地肥得流油，再加上那时雨水合节，只要撒下一把种子，老天爷就不会亏待种庄稼的人。于是，他们的祖先就不愁吃不愁穿了。地种不过来，就雇些人来种，就是长工。后来，又来了几户人，一户变两户，两户变三户，就又有了村子。村子渐渐大了，就引人注意了，当然最先注意的是土匪。被土匪害苦了，他们的祖先们就联合起来筑了这座堡子，平常由他们家住着，一有土匪，全村的人都到堡子里来躲土匪，这才让这个村子没再断了人烟……

那夜，当我从堡子里出来时，发现堡子外落了一场大雪，雪已停了，月光很亮，我忽然感觉此刻的雪有些历史感。一座堡子，其实就是在历史的一场大雪中没有被雪埋住的那部分村庄。

陇中的梯田

陇中一带的人形容地势陡峭时,就说那里"立不住老爷,放不住献饭"。"老爷"指的是神的牌位,"献饭"指的是敬神的供物。连"老爷"都立不住的地方,庄稼也立不住脚。这样的地方,应该是"不适宜人类居住的"。但偏偏这些地方,让人类长久地居住了下来。这是因为,人们把"放不住老爷"的地方铲平了,而且发现被铲出来的这一片土地上,可以积雨水,草长得茂盛,庄稼也长得精神,可以多收三五斗,由此便得到启发,将更多的陡坡地铲成了平地,这样的平地叫作"梯田"。

《现代汉语词典》上对梯田的解释是:在坡地上分段沿

等高线建造的阶梯式农田，是治理山坡耕地水土流失的有效措施，蓄水、保土、增产作用十分显著。按田面坡度不同而有水平梯田、坡式梯田、复式梯田等。

梯田最早出现在史前。起初人们清除森林，在小山坡上挖出平地，以便种植一些粮食作物，或者作为防御工事。大致在同一时期，这类梯田开始出现在世界各地。梯田沿着陡峭的山坡层层向上分布，就像是为巨人登天而建造的台阶。它是人类改造地表形态令人惊叹的方式之一。有人说，在人造卫星上能够看到中国的万里长城和埃及的金字塔，但我相信也一定能够看到那山坡坡上的中国梯田。

现在一说起梯田，和我年龄差不多的人肯定还会想起"农业学大寨"，在红旗招展的山坡沟梁上千军万马修梯田的情景，耳边回响起"战天斗地""愚公移山""改造山河"的口号。

新修的梯田地埂上，用红漆刷写着"农业学大寨"几个大字，我站到那字跟前，一个字比一个人还大，我便摸着那几个字，一点点长大了。

那时，大队部里有一张大唱片，盘子那么大，黑色的，放在唱机上，就会听到大寨的一个英雄人物的发言，声音并不高,但掌声很高。我们常看到当时的报纸上形容掌声热烈时,总说"雷鸣般的掌声经久不息",其实,这话不一定准确,我听着那唱片里的掌声很像是一阵大风吹过村里的白杨林,风一过,"掌声"就停了。

我的父亲有一次差点儿去了大寨。那时,父亲是我们生产队的队长,一年里总有一两次要背着铺盖卷步行到县城里去开"四干会",这"四干会"就是县、公社、大队、生产队四级干部大会。那次"四干会"的主要内容是掀起"农业学大寨"的新高潮,掀高潮的方式是"大兵团作战",就是将一个大队的人集中起来在一个地方修梯田,为了充分发挥榜样的力量,县上还组织参加"四干会"的人员去山西大寨参观,可那时父亲偏偏屙肚子了,而且屙得很厉害,喝了药也不管用,就没有去成。后来一说起这事父亲就很遗憾。

父亲回到队上就开始领导全队人掀高潮了。那时,人们对梯田还不太接受,都说把好端端的山坡地修成梯田,把地面的肥土翻到下面去,只剩下瘦土,庄稼肯定长不好。父亲知道大家这是不愿意下苦才说的,其实新修的梯田,第二年什么肥料都不用上,只要种上荞麦,比什么地里的都长得欢,下一年再上一些农家肥,地就肥了。但父亲没有和大家论理,只是说不完成上面下达的任务，公社就要扣我们队上的供应粮，因此，梯田是必须修的。扣供应粮那可是立马就见效的事，大家也就没话可说了。而且，父亲还主动要求全大队的劳力都到我们队里来搞"大兵团作战"，说我们队里不怕把地修瘦。于是，全大队的劳力每天都半夜三更起来，扛着铁锨，赶往我们队里"作战"。老人们说，那是些能把人的脖子都挣细的日子。现在想来，那时候老家的人每天只吃着供应的八两玉米或者红薯干，干起活来却热火朝天，真是了不得。

后来"包产到户"了，我们队里每人分到了四亩梯田，刚分地的那几年，正如当时报纸上说的"政策好，人勤奋，天帮忙"，一连几年大丰收，尤其是梯田里的庄稼要比山坡地上的长得好得多，队里人这才发现，还是我父亲有眼光，给大家办了这么一件大好事，而别的队里的人则后悔当时没有让"大兵团"在他们队里"作战"，少了这份"胜利果实"。

进入21世纪以后，梯田还在修着，但不是用镢头、铁锨、架子车修，而是用推土机修，一台推土机轰轰隆隆没几天，就推出一片当年"大兵团"一个月也修不出的梯田，于是大家争着抢着让先推自家的地。我的弟弟是村主任，常常因为不知道先给谁家推地而为难。

父亲不当队长以后，就在自家的承包地里黑汗白汗地干了起来，这辈子他是真正过足了种地的瘾。老了的父亲当过一次乡上的人大代表和优秀共产党员，父亲把这些荣誉看得很重，把代表证和奖状贴在上房中堂旁边，人一进门就能看着。有一次，我笑着说，这可能是组织上给你补发的吧。父亲笑得很满足。

父亲病重后，全队的老人都去看望我父亲，说我父亲是队里的老功臣，一定要去看看。而且相信老人家一定能挺过来，因为他做过好事，一定给自己积了好命。果然，待所有人都看过父亲后，父亲又好起来了，难道队里人的说法真的有些道理？但父亲还是去世了。

梯田还在，梯田里年年都长庄稼，父亲就埋在梯田里……

一眼眼水窖

过去行走在黄土高原上,每靠近一个村子,总是先看见稀稀落落的一圈杂树,比如杏树、柳树、白杨树、榆树,便感觉是那些树把一个村子箍在了里面,像一圈一圈排列着的肋骨;再往近走,就看见村子最高处的一座庙了,神是一定要住在高处的,高处才可看清世间的一切,这时你就会想:或许是一座庙把一个村子拴在了这里,像一个人在地埂上钉了一根木桩,用一根冰草绳把一头牛,或者驴,或者一只羊拴在那里,绳子有多长,它们吃草的半径就有多大;再往近走,你就会看见学校了,作为村里最大的一个院落,在干燥得让人嗓子眼里冒烟的空气中,孩子们读书的声音仿佛清亮的泉水在哗哗流淌，那清亮的声音像一块磁铁把每一家人的心都吸在了那里；直到你随意走进一人家，盘腿坐在炕头上，熬上一盅罐罐茶，或者吃上一碗酸汤长面，疲惫中偶然抬头往院子里瞅上一眼，这时你就会看见院子里的一个圆土台子，低低的，只要一抬腿就会站上去，问那是什么？主人就会告诉你那是窖台。窖台上放着一只吊水的小水桶，桶沿上还盘挂着冰草搓的吊水绳。你若好奇就趴在那窖台上往里看看，看当然是看不见的，因为在强烈的阳光下，你的眼前是黑的，但那里面是水。这时你才算真正找到了一个村子能够在这里长期存在下去的理由了，那就是因为水窖，是一眼眼的水窖像一颗颗钉子把一个个山村钉在了黄土高坡上。

黄土高原是世界上最大的黄土沉积区。我的老家会宁，原来属于定西地区管辖，后来属白银市，是黄土高原上著名的干旱区，说那里"滴水贵如油"绝无夸张。

有一个故事说：一个小伙子翻一座大山，挑一担水回家，路上遇见一个放羊的老汉。老汉说，他渴极了，想喝一口小伙子桶里的水。小伙子犹豫再三，最终还是答应了老汉，但条件是只能喝一口。可谁知老汉竟抱着桶沿，好一气牛饮，拦都拦不住，一桶水就被喝去了一半。小伙子一想找水的艰难，再加上家里正眼巴巴地等水，眼泪就下来了……

还有一个故事说：干旱缺水的时候，政府给缺水的地方用汽车拉水。汽车在路上跑着，后面有牛羊追着，麻雀也追着，地里干活的人从四面八方拿着盛水的桶啊罐的，向汽车涌去……

乡下缺水的日子里，你可以看到这样的情形：一个人蹲在门槛上，噙了一口水，嘬着嘴一点点吐到手掌里，然后再猛地捧到脸上。他是在洗脸。就是这么简单的洗法，也只能在走亲戚或者去赶集时才洗一次。有一句话说："乡下人洗脸，耳朵离远。"有时候，大人看孩子们的脸实在太脏了，就让孩子们站在炕沿前，一字排开，当母亲的就噙一口水噗地一下喷过去，只一口水就要把每一个孩子的脸喷湿，然后用毛巾挨个儿擦一下，这就算是洗过脸了。

那时的乡下，只要天上一挂云，家家都会把水桶、脸盆、瓦罐，甚至饭碗、茶缸都摆到屋檐下，等待雨水的降临。已经干涸见底的水窖，周围早已打扫得干干净净，等着一场大水哗哗流进窖里。至于窖口，依然锁着一把锁，钥匙则挂在主人的裤腰带上，轻易是不下身的。

常常有断水的人家堆着笑脸，递上一锅旱烟，求有水的人家打开窖门，借一桶水。慷慨些的有水人家，就会一咬牙说，担去吧，水是天上下的，说不定今天没水，明天老天爷一场大雨，家家都会有水了。有的人家，则说窖里的水也不多了，万一多少日子不下雨，他家里也会断水的，来借水的人只好失望地担着空洞的水桶，到别处去借。也有深更半夜偷撬了窖门偷水的，一旦被发现了，两家的关系就会闹僵，好长时间不来往，不说话，直到一场大雨落下，这种恩怨才会化解。有些甚至于已经下雨了，但关系还是好不起来，你看这水闹的。

夏秋时节，是乡下集水的季节，就像辛苦一年积攒粮食一样，乡下人希望落到地上的每一滴水都不要浪费，流到自己家的水窖里。而到了冬天，就等待着老天多下几场雪了。下雪天和下雨天都是乡下人的节日。下雪天，孩子们可以打雪仗，但不准在院子里和麦场上打，怕把雪弄脏了。那里的雪是要扫成堆，然后倒进窖里化水的。雪埋住了窖里的水，往往要在吊水绳上拴一块石头，在积雪上打开一个洞，才能吊到雪下的水。雪少，或者无雪的时候，就到村外的苦水河里背冰，因为那里的水苦，只能饮牲口、洗锅、洗衣服，人是不能喝的，只有到了冬天河水结冰，水的苦味才会淡化。

村里人到河沟里砸了冰，用一根草绳拴了背到窖里，和原来存在窖里的雨水合在一起，那水就勉强可以喝了。

我上小学的时候总是手里拎着个酒瓶子，不过这酒瓶里装的不是酒，而是一瓶水。到了学校就把酒瓶子放在窗台上或者课桌上，实在很渴了，才喝一小口，随后赶紧把瓶盖子拧上，即使这么小口地喝，但还是不到放学的时候一瓶水早就喝光了。孩子是这样，地里干活的人也是这样，拎一瓶水放在地边上，歇气的时候过去喝上一小口。人们相互之间可以让着吃干粮，但很少让着喝水。

有时候我想，为什么水窖的量词是"眼"，而不是别的呢？那个"眼"一定是两眼巴巴的"眼"。水窖是一个村子的"眼"。

用水窖贮存雨水的历史，最早可追溯到清朝以前。现在在甘肃定西一带还能看到清代同治年间水窖的遗迹。

据说，1958年，苏联专家组农业组组长阿尔曼德在定西考察时，在一户人家看到一眼水窖，问："这是什么？"翻译说是"旱井"，阿氏当即拍照，并下到井下进行观察测绘，回去后推广到了苏联的干旱地区，并且被命名为"阿尔曼德旱井"。

有一次，我逛兰州的隍庙，在旧书摊上看到了一本只有巴掌大的小册子，书名叫《怎样防旱抗旱》，翻了翻只有30页，是1953年甘肃人民出版社出的，书中讲到的防旱抗旱的办法之一，就是打水窖，书中说："有些山区地带，既缺雨水，又没河、泉，打井也不见水，不要说庄稼受旱，有时候连人和牲口都没水吃。因此，这些地方，大家最好合作多打窖……"

水窖一般打在村旁、路旁、麦场边上，或者门口、院子中间。选好了打窖的地址，就先垂直往下挖，这时只要能容下一个人挖土就行了，窖不必太宽，为的是节约人力，往下挖到两三米的时候，就向四周延伸，形成窖脖，像瓶颈。再往下挖，就是窖身，有力量的人能挖到七八米深，力量小的可挖到五六米。挖成的窖整个形状呈口小肚大，就像是一个巨大的坛子，或者是热水瓶的瓶胆。打一眼一般的水窖要挖出几十辆汽车装的土方。窖挖好之后，就开始打窖。先在窖壁上挖出拳头大的坑窝，叫码眼，一般是每隔50厘米左右挖一个，一排一排均匀地挖，一眼窖一般要挖几千个码眼。之后，就用清油、麻绳段、红土制成的红胶泥做成泥饼，把泥饼塞进码眼，密密麻麻地塞满了，也就把整个窖身裹严了。

这胶泥是必须经过精心务作的，先要把泥泡好，窝好，搅好，用脚反复踩好，用镲背用力摔打好，直到将泥窝摔得有了筋，能拉开又扯不断，才能做成泥团。裹好了窖身，就用木锤子捶打，一寸一寸不留空白地打，要是留了空白，那地方就会起包，弄不好会把其他的泥饼拖出来，前功尽弃。每天打两次，早一次，晚一次，这样打上一个月左右的时间，就换成铁锤或者斧头背打，再打上几遍，窖就被打瓷实了。最后，用胡麻油熬成的糊糊在窖壁上刷上几次。这样打成的窖蓄上雨水、雪水之后既不渗水，也能保证水不变质发臭。

打一眼传统的水窖，的确是一项艰苦的工程，绝不亚于造一座房子的辛苦。因此，有人说：别的地方的农民一生得完成三件大事，一是儿女结婚，二是盖一院房子，三是为老人送终。定西一带的农民除了这三件事，还多了一件，就是打水窖。

不过，现在打窖可没有过去那么辛苦了，三五个人花两三天工夫就能造一眼水窖。过去的水窖是黏土水窖，现在的水窖是水泥砂浆薄壁水窖、混凝土盖碗水窖、砌砖拱顶薄壁水泥砂浆水窖。为了叫起来方便，人们把过去的水窖叫"老水窖"，把现在的水窖叫作"新式水窖"。

挖新式水窖,不必像以前挖那么深,只要挖下去三五米深即可,窖脖以下可挖成圆形的,也可挖成方形的,里面用水泥裹了,窖口上用预制板砌一个窖台,开口处能放进一个水桶即可,这样的水窖其实就是一个小型的水池。有了这样的水窖,只要天没有干透,哪怕一年只下三两场透雨,也有水吃。据说,修建两眼容量36立方米的小水窖,就能蓄雨水七八十吨,可保证一个三五口之家一年的人畜饮水。后来,许多农户家中的窖上还装有水压泵和潜水泵,在厨房里一按电钮,水就从窖里沿着管道像自来水一样流入水缸中。而且,他们还把水窖建在了田地和山坡上,每到下雨的时候,他们就把山坡上的雨水拦截到水窖里贮存下来,到了用水的时候,就可以用来浇灌果园和菜地。再后来,自来水也通到了农家,大多水窖就被废弃了。

这些年,我离开了乡村,不再喝家里的窖水了。但每当我用城里的自来水哗哗洗澡、洗衣服时,总觉得有充足的清水、甜水尽情使用,是多么幸福的一件事。忽然想起以前听过的这样一个传闻:通渭县有一个女人领着七八岁的女儿到城里去办事,住在县城的招待所,她想给女儿洗个澡。水龙头一打开,却把女儿吓得直哭:"妈妈,我不洗,我们这样糟蹋水，老天爷看见了不给我们下雨怎么办？"唉，水啊！

　　记得有一年，当我带着一身的风尘出现在母亲面前时，母亲便颤巍巍地把一只脸盆放在我面前，让我洗一把脸，我就提起热水瓶倒了一点水，最多也就有一碗水，母亲看了，二话不说，又加了一勺凉水，我赶紧去拦母亲，说够了够了，说时母亲已把第二勺凉水倒进了脸盆，我感觉有点心疼，在老家怎么能用这么多水洗脸呢？这时母亲也看出了我的心思，说现在家里有两眼水窖，都装得满满的，洗脸就不用担心水了。我这才放心地把手伸进水里，那一刻的感觉，就像小时候把手伸进母亲的怀里，温暖便立刻传遍全身。晚上临睡前，父亲还打了一盆水洗脚，这更让我吃惊不小，在我的印象中，父亲的脚一直在泥土里，只有在下雨的时候才伸进水沟里洗洗，从来没见过他在家里洗脚，但现在父亲真的用清冽冽的窖水在家里洗脚，洗完了脚，还把洗脚水随意泼掉了，由此看来家里真的不缺水了。

　　那一夜，我所有的梦里都是清亮亮的水……

第一辑　风吹大地

华家岭记

　　茫茫苍苍的华家岭横亘在会宁县南部、通渭县北部，是我们那一带的名山。岭上有一条古老的大道，是西安和兰州之间的必经之路，曾形成过盛极一时的驿站和兵站，经历了丝绸古道、陕甘驿道、西兰大道、312国道的变迁。

　　我常常感觉华家岭像一个巨人，后背上背着通渭，前胸抱着会宁。有时也觉得会宁和通渭像两只筐，被华家岭的一根扁担挑着，跋涉在岁月的长途上。有不少会宁人祖上是从通渭移民来的，会宁人说起通渭，就像很多地方的人说山西大槐树。那些移民是翻过高高的华家岭来到会宁，还是沿着华家岭的山脚来到会宁，他们一路上都经历了什么呢？所有的细节都已隐入历史的尘烟。

1934年，作家张恨水经过这里，他在一篇散文中写到了华家岭的荒凉、贫瘠、落后，以及惊险，"曾经走过西兰公路的人，谈到华家岭，谁都会头痛。这原因并不在岭上出强盗一件事上，因为这岭实在太长了，长有二百四十华里。""这华家岭的梁子，没有一棵树，没有一滴水，自然，没有一户人家。"

1940年，作家茅盾来到华家岭，他这样写道："在这条公路上，每天通过无数的客车、货车、军车，还有更多的胶皮轮的骡马大车。""这时四野茫茫，没有一个人影，只见鹅毛似的雪片，漫天飞舞……"

林则徐、左宗棠、范长江等著名人物，也曾从华家岭上走过，他们见证过他们那个时代的华家岭。斗转星移，华家岭早已是另一番景象，经过这里的人们已是另一种心境。

那是初秋的一个下午，我乘坐一辆吉普车从会宁县城出来，七绕八拐上了西兰公路。天高云淡，岭两边可见万亩梯田；玉米深绿，金黄的油菜花在灿烂的阳光里依然开得热烈。那时，岭下的麦子已经收获，而海拔两千四百多米的岭上，小麦正绿中透黄，还得等十天半月才能成熟。打开车窗，清风扑面，满心里都是秋天的舒适。

再去华家岭，是一个深秋，穿过岭上笼罩的浓雾，就像穿行在云海之中。那天，雾在缓缓移动，树上全是当地人称为浓霜的晶莹霜花，这就是玉树琼花的华家岭雾凇奇观。停车观望，仿佛置身于童话世界。除了惊叹，还是惊叹。

据介绍，20世纪70年代以来，这里被纳入三北防护林建设工程，经过华家岭林场几代人的植树播绿，营造出绵延300公里的绿色长廊。四季分明的华家岭，每个季节都展现着不同的风景。

又是一个秋天，朋友邀我去看看会宁的一个土堡，然后走走华家岭，我当然高兴。

土堡极普通，是华家岭周围几千座堡子中的一座。堡子位于山间，建于清代，当年住着一大户人家，因兄弟三人中两人考中进士一人考中拔贡，被当地看成是"耕读传家"的典范。近年来，县里在堡中布置了家风传承和文化教育题材的展览，吸引了不少人去参观。会宁重视教育，土堡里的展览馆是这里的人们热爱教育的一个缩影。一张张图片、一件件实物、一个个故事，令我对这片土地心怀敬意。

从土堡出来，朋友说，去看看华家岭湿地吧。这里会有湿地？朋友看出了我的疑惑，便解释说，以前这里的确干旱少雨，但现在的华家岭一带，因为草木多了，空气湿润了，雨水广了，地下水位上涨了，发源于那里的厉河水量也比以前大了，自然就有了湿地。

约半小时的车程，我们来到了两山之间的一片平阔处，一片连着一片的花地里，除了波斯菊、雏菊、向日葵等少数几种，多数花我不认识，不认识没关系，只要灿烂就好。比花地更引人注目的，是一条大坝拦出的一大片水域，蓝天白云倒映在水面，水天一色。轻风吹拂，微波荡漾，两岸的芦苇随风起伏。水鸟向着水面俯冲，接着又飞向远处，然后又飞回来，像是特意表演给我们看似的。我问，水里有鱼吗？朋友说，有啊，只是不能随便钓。沿着大坝行走，我有走进水乡的错觉。那时，不远处的山坡上，有人正在播种冬小麦，过一段时间，那里就会披上秋天的新绿。

离开湿地，我们就上了华家岭。到达主峰时，已是黄昏，看到路边的一间小房子，里面已亮起了灯光，我问是小卖铺吗？朋友说是护林员的房子。我想，如果从远处看，这盏灯就是落到岭上的一颗星。我们在几棵左公柳前停下脚步，注目满身疤痕的老柳树，它们仿佛一个个身披铠甲的将军，经历了多少风雨，恐难以计数，但威武的气势依然在。朋友说，华家岭上现存28棵左公柳，当地正在筹建以保护古树名木为主要内容的森林文化公园，左公柳和更多的古树都会被得到保护。

据说，近几年来华家岭的游客越来越多了，有来休闲的，有来写生画画的，有来摄影的，有来写诗的，每个人都能在这里找到各自需要的感觉。站在傍晚的秋风中，我忽然想起这样几句诗："雨雪年年都来，年年秋都凉，只是今年的秋天，比去年暖和。"

回到岭下，已是万家灯火，回头望去，夜色中的华家岭仿佛一条星河，那么多"星辰"在岭上闪烁，那是风力发电的风车上的灯在闪。华家岭的风电也是一道景观。

如今，因为有了高速公路，很少有人再翻越华家岭了；因为有了高铁，西安和兰州之间不再有人走西兰公路了。华家岭仿佛一位饱经沧桑的老人，站在陇中的高天大地间，慈祥地注视着这片土地上的春华秋实……

遇见黄河

我为什么要写黄河？因为我热爱黄河，而且爱得那么具体。

怎样书写这条伟大的河流呢？我只能从一条河与一个人的关系写起，写下一个人对一条河的追寻、奔赴和依赖，写下河流对土地的滋养和土地对河流的恩情。

我的诗集《哦，黄河》属于一部主题创作，从2021年11月到2023年11月，两年时间我集中写作，诗集中的大部分作品就是这两年写的，但事实上，它的构思从很多年前就开始了，也就是说从我第一次看到黄河就开始了。大约是1994年夏天，我第一次来到兰州，在雁滩看到了泥沙俱下的黄河，人生第一次看到了真正意义上的河。在黄河巨大的震撼之下，我写下了第一首关于黄河的诗，题目叫《好大好大的水》。

虽然在这之前，我也曾见过几次黄河，但只是坐着汽车从黄河上经过，只能算是与黄河擦肩而过。记得第一次是1978年的夏天，第二次是1982年的秋天，两次经过靖远的黄河桥。那个时候我还没有做好与黄河交流的准备。多年后，我写下了《记忆：夜声》《黄河故事》这样追忆性的诗歌。

在这部作品中，我首先把黄河当水来写，让水回到河流，回到一个人的身体和生活之中。我诗歌中的水，不是"智者乐水，仁者乐山"的那种水，而是生存的需求。熟悉我作品的读者都知道，水在我的诗歌中一直是一个很重要的意象，这和我故乡的自然条件和我的农村经历有关，比如《饮驴》《水》等。

在我心里，一滴水就是一粒种子，一声鸟鸣，甚至是一声春雷。一滴水在奔向树叶、草尖、花瓣和庄稼的籽实的过程，就是奔向生命的过程，就是奔向一条河流的过程，也是从历史奔向现实、奔向未来的过程。面对一条大河，历史的雪花已经融化，"好多人　好多事/黄河都一笑而过"，只有浩浩荡荡的现实，只有大河奔向的远方。我力求在诗歌中呈现给读者一条古老而崭新的黄河。我以一个人的生命体验，写一个人的黄河故事，写一个人的黄河行走，同时也写黄河上游那片广袤的土地和土地上高贵而庄严的生命。

在兰州生活的这些年，我最大的感触是生活在一个有水的地方，一个随时都可以去看黄河的城市。当我每次回到乡下，村里人问我在兰州过得怎么样时，我首先说那里有一条大河穿城而过，不缺水。任何时候，想看黄河都能看到。节假日，或者平常的傍晚，我都喜欢去黄河边走走，或者随便在岸边找一块石头坐坐，春夏秋冬都是如此。有时面对黄河想想心事，有时什么都不想。我在《听见黄河》一首诗中这样写我在兰州的生活："黄河的水到底有多深　我不知道/住在白银路　只听见城市的喧嚣/和公交车报站的声音/夜深人静才感觉黄河还在流着/而且穿城而过/后来搬到了自由路/经常有火车的轰鸣把我从午夜惊醒/呼吸波浪起伏/随后的梦也波浪起伏/再搬了房子之后/附近校园里白天飘扬的旗帜/就不断传来河流的声响/有时我会想想/我为什么来到这里/杏儿岔离黄河有多少路程。"

为了完成这部作品，一有机会，我就沿着黄河行走，断断断续续,从三江源一直走到了黄河入海口,可以说,只要能看到黄河的地方我都想去。"每次遇见黄河/风都把我吹出哗啦啦的水声/风以为我就是河的源头。"站在风中的黄河边,心中就会波涛汹涌。

我同意"一滴水可以映出太阳的光辉"这样的观点,面对黄河,我必须让一些细节抵达整体,《黄河谣》《时光曲》《大地赋》等就是这样的作品。

这部诗集在题材上依然没有离开我的农村大背景,出发点依然是故乡,情感的中心依然是对生命的敬畏和对生活的感恩,但这部作品主要写了河流,写了与河流有关的生命体验,从而写了比我的故乡杏儿岔更大的空间,更长久的时间,写了一个用黄河连接起来的更宽广的故乡。

沿着河流行走,"一路上是河引领着我们前行/现在我们要把河带向远方/我听见河水答应了我们"。在黄河流经的土地上,"我所有的想象/只有一个方向",我看见"台地上的玉米秸秆/在风中欢呼着又一场胜利"。我终于发现,"除了河流/天地间/没有永久的声音/除了爱/这个世界/没有别的意义"。

黄河是中华民族的母亲河,也是我们每一个人的母亲河。遇见黄河的人,都会被黄河呵护。有母亲河的人,永远生机勃勃。我的这些小诗,或许是一朵朵浪花,或许是岸边的一片小草,或许是河流下的一把细沙,但它们都是我对黄河的致敬。

第二辑

肩上的灯盏

笔 砚

记忆中,村里有笔的人很少,除了上学的孩子,一是大队的干部和小学老师,二是队里的记工员和会计,还有就是风水先生和赤脚医生才有笔。偶尔队里来一个干部,看人家别在上衣袋里的自来水笔,那笔帽上的白铁亮得让乡村的孩子好生羡慕。

如果有一支笔,有一张白纸,用笔在白纸上写字,那可是一件庄重的事。为了节约纸和笔,村小的老师让孩子们在地上写生字、算算术题,手指、小木棍、废电池里拆下的炭棒就是他们的笔,而脚下的大地则是孩子们永远用不完的作业本。

写在地上的字，不管老师看没看过，都是不敢用脚踩的。要从那里走过去，就必须用手把那些字抹掉，或者从字边上绕过去，就像从庄稼地边上绕过去一样。如果是有风的天气，那地上的字很快就会被风吹没有了，好像风提着篮子把那些字都收走了一样。没有字的大地，我们才可以想怎么走就怎么走。

乡下人对字就是这么敬畏，对写在地上的字是这样，对写在纸上的字更是这样，我写过一首诗，题目叫《字纸》，写的就是不识字的母亲对字纸的敬畏。

那时，我父亲有一支花杆杆红橡皮帽帽的铅笔，他用这支铅笔在一个很大的本子上写下曲曲弯弯的数字。他是生产队的会计。当有一天我忍不住拿起那支铅笔，在脏兮兮的土墙上写了个大大的"1"字时，正巧被从地里回来的爷爷看见了，爷爷显然有些生气。爷爷说："怎么能把笔砚随便交给一个孩子？"其实不是谁把铅笔交给了孩子，而是好奇的孩子自己偷偷从父亲的抽屉里拿的。爷爷大字不识一个，他把笔叫成了笔砚，这种叫法，现在看来还挺古典的，有"文房四宝"的感觉。当爷爷从我手里拿走铅笔时，我没有表示不高兴，只是怔怔地看着爷爷。或许爷爷的做法是对的，一个人是不应该随便握笔的。要是我从此不再握笔，我的生活肯定是另一番模样，心中的喜怒哀乐肯定是另一种滋味。然而，父亲坚决地让我拿起了笔。

我考上县一中要去报到的那一天，天蓝得耀眼，秋日的阳光比夏天还毒，大地宁静而疲惫，透过窑洞的窗户，几朵白云让我心里有种说不出的难过，应该说这是我这半生所经历过的秋天中最秋天的一天。母亲在窑里为我忙这忙那地收拾东西，所谓收拾，也就是把补好的布鞋装好，把借了8块钱新缝的那条被子叠好，然后用一根冰草绳捆住，套在我瘦弱的肩上。当我跨出老家的门槛时，门口的狗汪地叫了一声，像是跟我告别，而空气中有莜麦的气息，山坡上的胡麻已经开花，我预感到从此我将走上背井离乡的道路。当然，这条道路后来被故乡的人们看成是一条最有出息的道路，或许这是由于在他们的心里，出人头地的"出"与出门在外的"出"是同一个"出"字的原因吧。

后来，我用手中的笔答出了一份又一份考卷；后来，又写了一首又一首的诗。笔，改变了我的人生轨迹。

我的理想

我小时候的理想是什么呢？是冬天有件棉衣穿，过节能吃到白面馍馍，能有一个新书包，能有一双胶球鞋，或者有许多连环画……后来看到岔里来过一辆解放牌的大卡车，就想能坐一回汽车那该多幸福。

有好长一段时间，我的理想是学一身好武功，像《水浒传》中的那些英雄好汉，把那些欺负我的人一个个打翻在地，但这功夫终究没有学成，因此在生活中当我咬牙切齿时，我总是由愤怒慢慢地变为轻蔑一笑，再把攥紧的拳头慢慢松开，这表明我在现实生活中的无能为力和软弱。无奈中，我把逃离当作了理想，我要到城市里去，到远方去，去过一种和这里的生活不一样的生活,经历一种和我的父辈不一样的人生。这个理想实现了,但实现了的理想中,常常有失落感。

至于有人问我小时候的理想是不是当一个诗人时,我就觉得这问题问得多么奢侈,那时候生存高于诗歌。一个人的长大,首先需要粮食和水,其次才是诗歌。想当诗人,是我离开村里以后的事了。而成为诗人,已是我在另一种生活中的事了。

当一个人真正离开故乡后,才会发现他对那片土地的眷恋,同时,只有当他离开了那个地方才能真正看清那里的一切。我每次从杏儿岔出来,站在山梁上看这个村子时,村里的一切才尽收眼底。关在笼子里的鸟是最想飞翔的鸟,而这鸟一旦飞出来,就会拼命往高远处飞,哪怕这笼子被叫作"故乡"。当这只"鸟"栖息在远方一棵叫作城市的树上,喘着粗气,回望故乡时,心里涌起的那种东西就应该叫作"诗"。

在我的作品中,有很大一部分是为这个曾渴我、饿我、热我、冷我、打我、骂我,但也生我养我爱我,至今让我魂牵梦绕的村子说话。我要用诗歌告诉世界:在地球上有这么一个真实的村子，在这个村子里有这么一群人在真实地活着。若干年后，我所写的这些人肯定会离开这个世界，但他们的后人将从我的诗中知道先辈们的生活情形，知道先辈们是怀着怎样一种理想在这片土地上奋斗过，也知道一个诗人对这片土地的深情。

我现在的理想是，愿所有的日子都是好日子，愿所有的诗歌都是对好日子的记录。

第二辑 肩上的灯盏

肩上的灯盏

母亲曾告诉我,出门远行的人,神一直跟在你的身后,因此,出了门就别回头,不回头的游子有一种安全感。然而,有一次,我猛地回过头来,想看看一直跟在我身后的神是怎样慈祥或威严时,我却只看到了我留在黄土上的时隐时现的脚印和一坨一坨的冰草"胡子",远处是沉默不语的山头和山头上疾走的大风。那一刻,我竟忍不住泪流满面,忽然感到心里有好多好多的话要倾诉出来。

也是母亲告诉我,男儿肩上有两盏灯,一盏照着左边,一盏照着右边,即使再黑的夜里,真正的男儿也不会把路走错。但谁心里有鬼,那灯就黯淡无光;谁做了亏心的事儿,那灯就会被大风吹灭或者被神的大手端走。我没有看见过别人肩上的灯光，也不知道别人是否看见过我肩上的光亮。但我在夜晚的山路上仰望星空，有时就想从中找到属于我的那颗星来。我相信满天的星斗，就是无数人肩上的灯。

因为我的父母都没有文化，我从小也就不会受到比如背诵唐诗宋词和阅读中外文学名著的熏陶，但他们讲给我不少民间谚语和俗话，还有当地的民间传说和祖辈的一些故事，现在想来，我是多么幸运，竟然在不知不觉中接受了最原汁原味的民间文学的教育。记得母亲坐在昏暗的煤油灯下，一边给我们兄弟妹妹们纳鞋或补衣服，一边给我讲她的经历，有时母亲会讲得哽哽咽咽起来，我也就忍不住眼泪哗哗地流下来，原来母亲有这么多让人感动的故事；记得当父亲因为遇到愤怒的事情而大发雷霆时，我惊异于他竟会吼出那么多富有哲理的精彩土话，哪怕是骂人的粗话……有些已被我忘记了，但有些我将牢记一生。

好多年过去了，不管我走到哪里，总觉得身后都有一种关切和呵护的目光，有时觉得这目光像父亲手中的牛鞭，我不往前走就会受到鞭策；即使风高月黑的日子，也是如此。

在老家的县城里，我度过了一段满怀诗歌理想的日子，

第二辑 肩上的灯盏

在写作中抗拒着贫穷和孤独,也抗拒着喧哗与躁动,甚至黑暗。如果柏拉图所说的"诗人是神的抄写员"这句话成立,那我就是替我身后的神抄写着什么,就像抄写了敦煌经书的写经生一样,虔诚而执着。那时,我感觉到了我肩上的灯光,那么强烈,那么高傲,那么让我自信、义无反顾。

那时,父亲或者我的兄弟妹妹们常常到县城里来赶集,顺便到我的单位或者家里来看我,有时他们把赶着的毛驴就拴在单位院子里的白杨树上,我有时会过去轻轻地拍拍这位"老伙计"的脖子,我看见它的眼神和多年以前一样忧伤,有一次我忽然觉得在这个世界上,我就是一双毛驴的眼睛。毛驴在院里静静地站着,父亲或者兄弟妹妹们在我的房子里一边熬着苦涩的罐罐茶,一边说些乡下坎坎坷坷的事情。待他们走了,那些事情却在我心里翻腾来倒腾去地让我不能平静,直到用分行的文字把它们记录下来……

事实证明,这些年来只有写作,甚至我把它叫作记录,才能使我的内心变得安宁与纯净。这个过程,我注重细节的叙述,我认为它在诗歌中很重要,它能使抒情达到应有的高度,同时具备一种让人渴望的可触摸感,有时面对一首小诗,就像面对一团烈火,把在风雪中冻得麻木的双手伸向它时，我会渐渐感到指甲缝里钻心的疼痛，温暖有时也很疼啊！

　　如今，我来到兰州已有些年月了，兰州是个比会宁大多了的地方，灯比会宁的亮，人比会宁的多，但我依然觉得背后的目光还和多年以前一样温暖，依然感到自己肩上有两盏灯，左边的一盏照着我小小的家，右边的一盏照着我的诗歌。我还在做着一个抄写员的工作。

诗意的地名

从兰州到会宁的途中,我看到了这样一个站牌:"塬坪豁岘",当时我就一愣,好怪的名字啊,这应该是对三个地名的称呼吧,怎么连在一起了?比如叫塬的名字就可以随便喊出一大串,白草塬、扎子塬、李家塬、董志塬;叫坪的地方,如张家坪、杨家坪、王家坪、李家坪;叫岘的地方,如苟家岘、党家岘、孙家岘、张城堡岘,还有豁和岘连在一起的,比如陈家弄豁岘、张家梁豁岘,有的地方也叫崾岘。

车到塬坪豁岘,我看到有一个补车胎的小摊点,一个洗车的人,一个卖饮料的包着红头巾的女人,还有一个人手里举着一个小纸牌,上面写着"旅店"两个字。那包着红头巾的女人来自哪个坪上呢？洗车的中年人又来自哪个塬上？而那个举着纸牌子的人说不定就是那豁岘上的人吧？或者他们来自更小的地方，比如大榆树、一眼井、八分地、张家大地，等等。这样想着，班车已沿着山、岭、梁、峁、峰、嘴、圪垯、豁岘、墩、顶、坡、坪、川、坡、岔一路颠簸而去，途中还要经过庄、寨、集、驿、堡、营、店……

忽然想起 1936 年来。那年有一个叫埃德加·斯诺的美国记者来到了黄土高原上，他就是那个后来写了一本《西行漫记》而成了中国人民的老朋友的人。他在《西行漫记》中用精妙的比喻这样描摹黄土高原："有的山丘像巨大的城堡，有的像成队的猛犸，有的像滚圆的大馒头，有的像被巨手撕裂的岗峦，上面还留着粗暴的指痕。那些奇形怪状、不可思议有时甚至吓人的形象，好像是个疯神捏就的世界——有时却又是个超现实主义的奇美的世界。"我想斯诺只能用这种艺术语言表达他的惊叹了，要让他准确地界定出什么是梁，什么是峁，什么是岔，什么是垯，恐怕他不会比任何一个当地农民强。

这些地名，其实各有不同的含义。按科学的定义，梁，是黄土高原被沟谷垂直切割形成，有一定的宽度，表面起伏不大，比较平坦；岭，是黄土高原被流水横向切割所形成的馒头状山头，顶部宽度较小；峁，是梁、岭被进一步侵蚀形成的坟堆状地形；豁岘，是梁的局部下降构成的凹形或称马鞍形的部位，这种黄土梁的陡峭部分，常是翻越山梁的重要通道；在主干梁、支梁腰部或山麓较平坦的地形称坪；在较大河流的两岸，特别在凹岸和峡谷地段的壁立黄土或土石地形称崖；介于崖和坡之间的地形称埂；相对高出两侧地势的条状突起地形称塄，又称塄岸；沟，是与岭、梁、峁相间的侵蚀切割地形，亦称谷；涧，是沟岔深切的特定地段；坳，一般指沟头岔垴或岭梁两侧的凹面地形，耕地面积最大，居住人口最多……不是专业研究地形地貌地名的人，对这些称呼真的是很难区分。不专业，就艺术吧。

对着黄土地上的沟沟岔岔，我愿意这样诗意地描述它们：

沟 山和山站着说话，中间的部分就叫沟。从沟底爬到山顶，往往就是一生的路程。想不通的时候，就去沟畔上坐坐，让直戳戳的心思在沟底转几个弯弯，然后回来。

梁 马瘦脊梁高，山瘦了脊梁也高。高了，这才像山。沿着山的肋骨爬到梁上，对着白云吼一声，这吼声就像老马的嘶鸣了。马背上打天下的人已经走远，山梁上留着他们的期望。

塆 山的胳膊肘一弯，这里就是山塆了。这么多的直性子，就在山塆里走着。这儿一塆，那儿一塆，塆实在是够弯的了。最弯处，住着神仙，看两三点雨，如何弯弯地落在山前。

坪 还是黄土会疼人，一伸手，就把我们拉到了平处。平处好立脚，巴掌大的一块平地，几代人在上面挤着。挤出些不平的事来，陡峭就挂在我们土豆般的脸上。人情最好的，要数当年陕北的杨家坪。

驿 没有连三月的烽火了，家书还能抵万金吗？驿站早已改叫邮局了，可我们还这驿那驿地叫。驿上的那匹老马，此刻正驮了一捆青草，在古道上走。

山 张家山，李家山，山都姓平头百姓。看日头从东山上升起，又从西山上下去；看暴雨从北山上发起，又从南山上过去……庄稼人靠山吃山，草木一秋，庄稼一茬。

川 山走得远点，再远点，这里就是大野茫茫了。风吹草低，吹庄稼也低。猛回头，山又走在一起，山里人的眼界就被挤到了沟畔上。大的叫川，小的也叫川，大川里一马平川，小川里就只能吃着毛驴，上山。

坡 祖先就在半坡上住着，坡上暖和。南坡，北坡，坡坡都是我们的庄稼；东坡，西坡，坡坡都有我们的亲戚。爬惯了山坡，我们就没有爬不过的坎。最累的时候，是把碌碡拉到了半坡。

岔 走到这里，是要好好想想的。山想了想，就岔开双腿走了；水想了想，甩开双臂也走了；而人，左想是一撇，右想是一捺，想来想去人字就是一个岔。

这些诗意的地名里，有人们的生活。

乡村的诗

一

《饮驴》这首诗写于1999年，是我趴在老家的土炕上写的，写在一本《诗刊》杂志的空白处。

那年春节，我带着妻子儿女来到乡下。我们一进家门，母亲便用脸盆盛了一勺水让我们洗脸。水很少，一条毛巾放进去，水就被毛巾吸干了。我用这条湿毛巾擦了一把脸，然后把毛巾传给我妻子，妻子同样在脸上擦了擦，接着就擦了擦孩子的脸。之后，我就把毛巾里的水再拧到脸盆里，但当我要把脸盆里的稠水洒到干燥的地上时，母亲赶紧过来接住了脸盆，她要把那一点水收集到一只桶里，我这才想起那些水积起来还可以给鸡啊猪啊和食吃。

那几天，我们家的窖里没水了，父亲担着两只水桶去别人家借水，转了好几家，说了不少的好话，才借来一担水。父亲回来后，长吁短叹了好一阵，他不知道下一担水去哪里找。

一个午后，我在家门口的麦场上散步，父亲吆着毛驴到岔口的苦水河里去饮驴，毛驴在溏土很厚的土路上奔跑着，而跟在毛驴身后的父亲被淹没在腾起的土雾里。这样的情景，一下子就刻印在了我的脑海里。

晚上睡在母亲用驴粪煨热的土炕上，辗转反侧总也睡不着，我忽然想对一头毛驴说些什么。仿佛那些句子早已藏在心里，一动笔就会流淌出来。《饮驴》就是这样写出来的。

我在诗中说："至于你仰天大吼/我不会怪你/我早都想这么吼一声了"；"好在满肚子的苦水/也长力气/喝完了/咱还去种田"。

整个写作过程，用了几分钟的时间。写完之后，还陷在这首诗的情绪之中，我便推醒已经入睡的妻子，凑在煤油灯下给妻子读了一遍，妻子说"太像了"。

这年5月份，由《诗刊》主办的第15届"青春诗会"在山东聊城召开，我带着这首诗来到了诗会上。当时在《诗刊》当编辑的著名女诗人梅绍静看到了这首诗，举着稿子对我说："好，原汁原味。"梅老师说的"原汁原味"，就是我妻子说的"太像了"。两个文化背景不同的人，对一首诗得出了同样的结论。指导老师雷霆先生也对这首诗给予好评。

《饮驴》连同其他的诗以《在黄土腹地上》为总题，发表在那年《诗刊》第8期"青春诗会"专辑里，接着，这首诗就先后入选了几十种选本，得到了比较广的传播。

有一年，一个诗友打电话给我，说他们那里出了一本有关农村工作的政策文件汇编，把这首诗印到了书的扉页上，诗是印对了，但把作者印错了，很为我抱不平，我说作者不重要，重要的是诗，感谢这里的领导喜欢这首诗，更希望那里的人们有水喝。

这么多年过去了，好多朋友还在说这首诗。

二

每年杏树开花的时节，杏儿岔到处可以看到飘飞的花瓣，那是春天村里最美的时候。

有一次，我在乡下听到了一个女孩子的名字叫"杏花"，那一刻，我忽然觉得乡下所有的女孩子的名字都应该叫杏花，大的叫杏花，小的也叫杏花，而且联想到我们把在一个学校里最漂亮的女生叫"校花"，把警察里最美丽的那个女警察叫"警花"；还有一些花中的佼佼者，比如国花、市花等。于是，我在自己的小本子上写下了这首诗的第一句："杏花/我们的村花。"

第二年，杏花再开的时候，我又回到乡下去看杏花，但那个叫杏花的姑娘已出嫁了。一听到这个消息，后面的句子一下子来了，我写出了这首诗的第一稿。

后来，我经历了人生中的一些事情，看到和听到了一些村里人的命运故事，对村庄和生活有了与以前不一样的理解。又一个春天，我重新翻开这首诗，把过去写下的句子读了一遍，把原诗的结尾改成了这样："杏花你还好吗/站在村口的杏树下/握住一颗杏核/我真怕嗑出一口的苦来。"这首短诗，是我在诗歌创作中花费时间最长的一首诗。

《杏花》在《诗刊》2000年7期上发表后，得到了读者的认可，先后和《饮驴》一起入选《大学语文》和高职、中职语文读本等数十种选本。

著名诗歌评论家吴思敬老师曾这样评价它："这首诗情感起伏，令人荡气回肠，显示了诗人的一种博爱的胸怀。应该说这是中国当代诗歌写作中不可多得的精品。"

读者对《杏花》的喜爱，是一首诗的幸运。

三

"那时的糖，怎么会那么甜呢？"读者可能会说：因为在那时，我们能吃到的糖很少。这样的理解是没有错的，但我在《记忆·糖》一诗中更想表达的是对童年的一段温馨时光的怀念。

这些年来，我不断感到我们所憧憬和追求的某些生活，已经真实地出现了，在享受这种幸福生活时，却没有了想象中的那种幸福程度，这是因为我们在追逐一种幸福时，另一种幸福却在岁月中无情地消失了。

其实现在的糖也很甜，但它们不是从父亲赶集回来"从兜里掏出"的那把糖，不是从母亲"贴身的衣袋里"摸出，被母亲咬了一半的那颗糖。那是一颗带着父亲和母亲体温的糖。

这首诗的起因是，有一年春节，我在置办年货时买了一袋水果糖，可春节过完好久了才想起来那袋糖，于是我吃了一颗，但始终没有吃出童年的那种糖的味道，心想要是父亲还在，母亲还在，奶奶还在，一家人围坐在一起，每人嘴里噙一颗糖，说说过去，说说现在，说着笑着，那糖就一定很甜了。最甜的糖，一定是加了亲情这样一种成分的。可现在，我再一次深切地意识到自己早已是一个孤儿了。嘴里吃着糖，眼睛却湿润了。于是，小时候的一次吃糖的经历，就被我写进了诗里。

这首诗的构思很简单，全诗就是回答那时的糖怎么会那么甜。是一件真实的事，按时间顺序写下来。第一节写父亲，他给我们带来了糖，带来了我童年时对甜的感受，也带给了我一生的怀念。就是那么一颗糖，让那天的"阳光都是甜的"，而一张糖纸像一张小小的奖状，让我时常想起我小时候也幸福过。第二节和第三节写母亲，当写到"我看见母亲也咂了咂嘴"时，我感到这一细节足可浓缩母亲的一生，她一生尝到的甜太少，她把仅有的甜留给了老老少少的一家人。母亲晚年时，我曾多次给母亲买过糖，她还是那么珍视，认为糖是世界上的好东西，至今想起来让我感到心里隐隐作痛。第四节，是对这首诗的点题，也可叫作诗眼。

这是一首简单的诗,我从来不会写复杂的诗。但简单的诗并不好写,必须把繁复的生活删繁就简,选取生活中独特而有代表性的一个细节或场景,并以举重若轻的手法,以诗歌的形式呈现出来。这种诗的语言也必须是简单的,或者叫作简洁,简洁到只有生命的温度和生活的质感,简洁到只有自己的体验和真情,而没有其他的杂质。

我一直以为,诗歌首先是写给自己的,写给自己的心灵,写给自己的生活,然后才是写给别人和社会的,才有了其他的意义。这首诗就是写给自己的。

四

我写过一批怀念亲人的诗,主要是怀念父母的,《情景》是其中的一首。

这首诗写的是真实的情景,多年来,我不管在什么场合,只要看见有人在狠狠地吃东西,心里就忍不住难过,深深地同情起这个人来。这或许对于一个没有农村经历,没有对饥饿有过切身感受的人来说,是不可思议的。我对饥饿极其敏感。我清晰地记得年轻时我们村里所有关于"吃"的情景,我也曾思考过那片土地上的人们一辈子只为吃饱肚子而奋斗的人生。"民以食为天",在那里表现得淋漓尽致。但诗里的这位亲人,不仅为"吃"而流泪,同时也为来自其他方面的不幸,比如爱情,比如疾病,比如心灵的伤害、命运的不济,等等。在没有粮食、没有爱情、没有好运的岁月里,我的亲人们活得多么坚强。我无法忘记这一切。

我与这片土地血脉相连,我要用诗歌观照那片土地和那里的人们。在这首诗中,我写的是"一个"人,但也是很多人,甚至是一代人。我把这一代人都看成是我的亲人。"我不忍心说出称呼",是我不忍将这份悲苦又一次搁在任何一个亲人的身上而伤害到他,但又不得不说出那一代人活着的真实状态。同时,我也没有勇气让我一次又一次感到难过。

作为一个诗歌写作者,我的诗歌属于写得"老实"的一类,但我必须像一个对土地和老天充满敬畏和信任的庄稼人,老老实实地耕耘,才能无愧作为他们中的一个。

五

长诗《我把你的名字写在诗里》是纪念母亲的,我以这首诗的题目作为书名出版了诗集。我在诗集的前言中说："在这里，我写下时间和生命，写下感恩，写下疼痛，写下愧疚……"但更重要的是，因为我们家没有家谱，我在诗里写下了母亲的名字。

那是2015年4月25日下午，当我完成了这首长诗的写作，从电脑前抬起头来，面对窗外的万里碧空时，又一次热泪长流。这一天，我的母亲已去世一个多月了；按农历的日子算，再过一个月，就是我父亲去世三周年的日子。

诗集是2015年8月出版的，已经印了好几次。我于2016年7月写过《重印后记》，2017年4月写过《三印后记》，其中记录了读者和新闻媒体的反响，好多细节现在想起来还让我感动。距第一次印刷过去近十年了，但这本诗集还在读者中被阅读、被朗诵、被评论、被传说着，还有不少人在寻找这本诗集，为此出版社决定出版增订版。

这本诗集中的部分诗本来是写给自己和亲人们看的，没有发表的想法，因此是些掏心窝子的话，但因了某种机缘与更多的读者见面，就感动了读者。这是我始料未及的。

那么，诗歌需不需要感动人呢？这似乎不是个问题，但确有人把这当成了一个问题。我的理解是：所有的艺术都是为了打动人心，否则，就没有达到艺术效果，就没有完成艺术使命，包括诗歌。对于这个问题，我们如果追问一句：艺术的本源是什么，也就搞明白了。德国著名艺术史家格罗塞在《艺术的起源》一书中这样写道："诗人所希望唤起的不是行动，而是感情，并且除了感情以外，毫无别的希冀。……一切诗歌都从感情出发也诉之于感情，其创造与感应的神秘，也就在于此。"

这本诗集在民间的广泛传播，就是因为打动了普通读者的朴素情感，而这份感情是人类的共同情感。有读者写文章说我是"咱老百姓的诗人"，我可以把此当成是这么多年来对我诗歌的高度褒奖。

六

我有两首关于家族的小长诗，一首是《庄窠传》，又名《杏儿岔8号》，是以庄窠为圆点，向多个方向发散的写法，写了庄窠里人们的生活；另一首是《祖河传》，以河流为线索，写"我"和"我们"沿着河流的指引，扶老携幼，风雨兼程，从逼仄走向广阔，从过去走到现在，正走向未来。

祖厉河是会宁境内一条有名的河。发源于县域东边的叫祖河，发源于南边的叫厉河，两河在县城汇合，合称祖厉河，向北流入黄河。在杏儿岔村口也有条小河，没有名字，是祖厉河的一条支流。这首诗取名《祖河传》而非"祖厉河"的原因是，我以为祖河也可称祖先河，是流在时间里的河；一条河，也可以是许许多多条河。

有一次出差途中，在从河西到兰州的列车上，我陷入冥想，忽然有了一个想法，想以一条河流的方式来写家族的历史。但真正动笔写作的时候，发现这条河已漫向了时间深处。虽然，诗中有村庄、苦苦菜和苜蓿等从审美惯性来看属于"乡土"的意象，但已经超越了乡土范畴，就好比一滴水流淌在具体的祖厉河里，或许是乡土的，而在抽象的时间河流里，它却越出乡土的河床，具备了历史感和时代感，从而我把这条河写成了一条民族的河、时代的河、历史的河。

从"私人化"的写作开始，最终走向了"公共书写"的属性，这就是这首诗的写作过程。作品发表后，不同的读者给了这首诗不同的解读，我以为都是对的。因为它是一个开放的文本，正如我在诗中所写的："现在/我们要把河带向远方/我听见河水/答应了我们。"读者也一定会把一首诗带向远方,并在不断阅读中不断发现。

这首诗从第一稿到第三稿,时间跨度近两年,后来又改了第四稿。发表时两百多行,但第一稿写了五六百行,其中包括许许多多具体的人和事,比如传说我们家族当年在地下埋了数量可观的银圆,之后不断被人寻找的事;比如我家那头脖子下长着"肉铃"的毛驴,被人赶着去做合伙生意,而最后只剩下了一套驴鞍子的事;比如我母亲结婚时给长辈们磕头得到的十几个银圆,几十年后据说被人弄丢了的事;比如"我们"一路上遭遇暗算的事;比如乡间"风水"的事……但这些,在后来修改时都被删掉了。即使一首长诗,也不可能包罗万象,而只有概括和凝练,才可能使诗歌容量更大。修改第四稿时,增加了一条河走向未来的部分。

从杏儿岔8号到兰州白银路123号,我一直在沿河行走,我还将继续沿河行走。

七

波兰诗人米沃什说过一段话,大意是:我坚信诗人是被动的,每一首诗都是他的守护神赐予的礼物。他应该谦卑恭敬，不要把馈赠当作自己的成就。同时，他的头脑必须保持警醒和敏锐。他还说，诗歌一直以来都是他参与时代的一种方式。

诗集《持灯者》是一本不同于我之前作品的一部新作品，不论写作题材，还是写作手法，我都有新的努力。

诗歌作为一门艺术，一直发挥着人和人之间的媒介作用，是一种感情手段。在今天全球化的背景下，我以为诗歌还有这样两种作用：

第一，优秀的诗歌是一剂中药，可以调理人的"气血"，慢慢发挥作用，达到固本祛邪、增强免疫力、镇静凝神的作用。这些年来，诗歌治疗过我的创伤，陪我走过艰难的路程，也带给我幸福快乐的感受。我感谢诗歌的护佑！中医是国粹，优秀的中国诗歌也是国粹。

第二，优秀的诗歌是一盏灯，为人生指引方向，照亮恩情，照亮脚下的道路。这本诗集取名《持灯者》，是选自诗集中一首写给母亲的诗的题目，母亲就是给我送灯的人，也是我心中永远的一盏明灯。作为一本诗集的愿望，希望优秀的诗人们也是持灯者，以诗歌照亮情感、照亮生活、照亮时间和生命，给人们以光明和感动。

土豆 土豆

一

秋天，当一个人一不小心把一颗土豆挖破了，他看到白色的汁从伤口处流出来时，他的心里难过极了，抓一把泥土捂住土豆的伤口，隐隐感觉那伤口是疼在自己的身上。

偶然，一个人看到吃奶的孩子嘴角流出的乳汁，他竟然会想到受伤的土豆……

没有人不对土豆怀有母亲般的感恩。

二

　　如果这年的秋天冷得早，人们就得在雪地里挖土豆了，再细心的人，也往往会遗落几颗土豆在土里。留在土里的土豆，经过冬天的冰雪，被冻得和石头一样硬；来年春天，春风一吹，又软得一捏就捏出水来；夏天，赤毒的日头一晒，水分干了，土豆就被晒得又皱又干，黑黑的，像一只风干了的胃。

　　地里劳作的人，谁若捡到了土豆，在衣袖上擦擦土，就可以直接嚼了，脆脆的，甜甜的，是可以当干粮吃的。

　　当然，土豆的吃法很多，可以烧着吃，煮着吃，炒着吃，等等，反正每一种吃法都好吃。现在城里的小饭馆大酒店都有土豆丝这样一道菜，谁能把土豆切得像粉丝一样细，炒出来还不变形，那就是被大家称道的好厨师。你可以随便在任何一家饭馆的菜谱上看到醋熘土豆丝、青椒土豆丝、麻辣土豆丝、东乡土豆片、土豆烧牛肉等有关土豆的菜名。

　　前些年，有这样一个说法，说一个村里人给外面的人介绍自家的一日三餐时幽默地说：早上吃羊、中午吃鱼、晚上吃蛋。外面的人很惊讶，吃得这么好啊？其实，这里的人把土豆叫"洋芋蛋",他们只是把洋、芋、蛋三个字的谐音分开来说而已。

还有一种说法,陇中黄土有三宝:土豆、洋芋、马铃薯。

土豆是大地的乳房,土豆是藏在泥土里的灯盏,土豆是攥在节气里的拳头,土豆就是咱供养着老人、喂大了孩子、养活了自己的"洋芋蛋"。

三

荷兰有位大画家叫梵·高,是后印象派的三大巨匠之一。他有一幅作品叫《吃土豆的人》,画面上那些在一盏黄昏的灯光下吃土豆的人,有着骨节粗大的手,他们面对土豆做成的简单食物,眼睛里流露出渴望的光芒。梵·高在给他弟弟的信中说:"我想强调,这些在灯下吃土豆的人,就是用他们这双伸向盘子的手挖掘土地的。因此,这幅作品描述的是体力劳动者,以及他们怎样老老实实地挣得自己的食物。"

当我第一次看到这些吃土豆的人时,心里嘀咕,梵·高也是个吃土豆的人?他是画面上的哪一位?画面上的这些人怎么似曾相识？

原来我吃的土豆是梵·高的。老家的洋芋，也就是土豆，也叫马铃薯。吃土豆的梵·高，画了吃土豆的荷兰人，让很多人都知道了荷兰是个吃土豆的国家。那么，吃了这么多年土豆的我，怎么就画不出一张"种土豆的中国人"？至少，应该画一张吃土豆的杏儿岔人吧，看来这么多年的土豆让我白吃了。

温暖的土炕

炕是一片真正的热土。冷了，炕上暖着；热了，炕上凉着；困了，炕上缓着；疼了，炕上忍着。炕，从来不会把我们推开。日出而作时，我们感恩土炕；日落而息时，我们眷恋土炕。土炕上出生，土炕上离开，把"出生入死"这个词，用在炕上是再贴切不过了。

据介绍，兰州皋兰一带的土炕有两种盘法。一种是石板炕，就地取材。扛着铁锤和钢钎，爬上村旁的石崖，撬着，凿着，汗水和石屑一起飞溅，选几块又平整又薄的青石板，手抬肩扛，拿来了，放在砌好的炕面上，人跳上去咚咚踩几下，不晃动不起伏，和一堆长草泥，在上面严严实实地抹一层，在炕洞里添上草和煤，烧着了，烘干了，再抹一层细泥，再烘干了，连一丝儿烟也不冒了，就铺上草，铺上席，铺上毛毡，新炕才算盘成功了。另一种是打泥炕，在屋子里按照需要砌出炕墙，里面填满土。把红黏土和长长的麦草掺和在一起，搅拌，一锨一锨地堆上去，赤脚一遍一遍地踩瓷实了，炕的雏形就出来了。在以后的三个月里，先拿木榔头不断地砸，一遍又一遍，直到完全干透了，掏掉填进去的土，炕洞里添上草和煤，烧着了，封住洞门。土炕上铺上草，扣上瓷盆，十天半月不断地更换，当瓷盆里连一点水珠子也没有了的时候，新炕出汗的过程算是结束了，新炕才算是盘成了。这种土炕比石板炕更保温，睡上去更觉得踏实。

在甘肃会宁、通渭一带，土炕的盘法与皋兰略有不同，不同之处在于盘炕得用墼子，就是土坯。

墼子是一种提前打好、晒干的长方形土块，和砖头相似，但比现在的砖头大。我一直以为大是墼子区别于砖的一个特点，其实我错了。我后来在一家博物馆里见到的汉砖就跟墼子一样大，区别是墼子是土的，而砖是把土经过烧制以后形成的。想到大汉天子的宫殿也是用烧过的墼子砌的墙，我感觉墼子也就有种历史感了。

第二辑 肩上的灯盏

打墼子要用墼圈子和石头平头杵子。墼圈子，其实就是框土的模子。先给干土洒上水，润湿了，然后用铁锨铲到墼圈子中，一个人赤脚站在上面把那土踩平了，再双手提起石杵子，一、二、三，只三下就打实了，然后用脚后跟在墼子的四个角上用力一踩，再用一只脚后跟用力踢开墼圈子的后挡，人就从墼圈子上下来，躬着腰，推开墼圈子，把墼子搬起来，码到墼子垛上。会打墼子的人说：打成一片墼子，需要"三脚九杵子，二十四个脚底子"。打墼子、码墼子都是技术活，会打的人一天能打三四百块，不会打的一天也就打上一二百块，不是慢，就是不小心把墼子搬破了，重新再打，或者墼子垛子本来已垛得很高了，却一转身轰地塌了，辛苦半天白辛苦了，这时打墼子的人就懊恼地坐在塌了的墼子堆下，骂几句粗话，然后再来。

以前县城里搞建筑，要用大量的墼子，因为那时砖头少而贵，于是村里就组织了副业队到城里去打墼子，一千块墼子按两块钱计算工钱，交够队上的提留，一个人一天要落一块多钱呢。我记得父亲就去城里打过墼子。

盘炕时，先在屋里需要盘炕的地方用墼子砌好炕墙，然后用墼子在炕膛里支好支架，再把墼子削好了，接好缝，盖成炕面。之后就在炕面抹上厚厚的一层草泥，这种用长麦草和土和成的草泥，也叫酸泥。酸泥抹好后，再上一层细泥，炕的样子就出来了。剩下的活就是把炕膛里的墼子从炕洞中一片片取出来，把掉在炕洞里的泥土掏出来，填上柴草、晒干的牲口粪烧炕。有的人家一个土炕要用好多年，甚至几辈子人都在用，父母结婚生子的炕，儿子往往也在这个炕上结婚得子。那几片墼子撑起的土炕，就这样温暖、呵护了一代代的农家人。

老了躺在土炕上想想一生的收获，便是种了一茬又一茬的庄稼，养了一个又一个的娃娃，唯一的遗憾是，我们把自己活老了，把比我们更老的老人活得看不见影子了，甚至把一个村子都活老了，好在村子里总是一茬接一茬，老的老，少的少。老天老地，老风老雨老土炕，我们的身上有老土炕的味道。

有子女离开了乡下去了城里，往往把老人也接去住楼房，但老人怎么说也不愿在城里久留，只是小住几日便要回来，说城里的床不能当炕睡，那绵绵软软的床没有土炕踏实，睡在那里总感觉心是悬着的，尤其是听不见鸡鸣狗叫，听不见毛驴唤草的声音，更闻不到土和庄稼的气味，心里闷得慌。

年龄越大的老人越要急着回到乡下,他们给孩子的说法是万一到了那一天,如果不能睡在自己的炕上,躺在自家的地上那可怎么办呢?

其实,庄稼人也是一种庄稼,庄稼永远离不开自己生长的土地。土炕也是一片土地。

柴火的火

缺烧柴曾经是乡下人的一块心病。没柴烧，就没法做饭；没柴烧，冬天只能睡冷炕。因为农作物的秸秆大多数要作为牲口越冬的草料，所以到山上铲草根、拾柴火几乎是乡下人一年四季不间断的活。那时候，农村的妇女们都是利用休息的时间到地埂上、沟坡里去拾柴，一坨草胡子、一朵骆驼蓬、一棵冰草都会令一个农村人眼睛放光，只有急急地赶过去，一下子铲到自己的背筪里，或拔到自己手里才心满意足。

雨水好的年景，柴草生长茂盛，拾柴还不算太难，但如果遇上旱年，太阳把土地都晒透了，连草根都晒死了，拾柴就是个很难的事。那时有一句话，叫"一样有了样样有，一样没

第二辑 肩上的灯盏

了样样没；样样没了，填炕没"。记得有一年，就因为柴草少，过年的时候炕冰得像冬天的院子一样，我们一家人挤在一床破被子里，一夜挤来挤去谁都冻得睡不着，没了办法的母亲忽然想起父亲当生产队会计时用过的一摞账本，便二话不说就把那一摞账本塞到炕洞里，账本烧了一阵炕才有了一丝温气。

拾柴的活主要是母亲干的。离家近、容易去的地方，往往早就没有一根柴了，母亲只好不断地向远处、难处去找。冬天日短，母亲去拾柴，早上出了门，腋下夹个铲子、一根草绳，口袋里装点干粮，中午不回来，一直到天黑，她一个人在荒凉的山沟里、荒坡上不断地铲着、拾着……

新拾的柴太湿，铲下来立即背回去太重，母亲就暂时摊成一片，晒在山坡上，待干几日再去背回来，但有时也会被别人偷着背走，这当然很使母亲心疼，因此母亲尽量把当天铲的柴全部背回家里，晒在门口才放心。母亲在陡峭的山路上背着一大捆柴艰难地移动着，远远看去，只看见一捆柴在动，根本看不见柴下面的人，那时母亲被柴草压得几乎脸贴着地面。碰上一个土坎，就靠上去，喘口气，抹一把流到眼里和嘴角的汗，然后使出猛劲，才能把一捆柴再一次背起。

有一年春节期间，父母去看我姥姥，他们刚一出门，天上就开始飘雪，我和弟弟去山坡上铲草胡子，那天我们从雪地里背回来多少草胡子已不记得了，只记得那天特别冷，手脚冻麻木了，脸冷裂了，两个妹妹在家里也被冻哭了。多少年过去，我和弟弟妹妹们说起这件事，依然记忆犹新。我们被冻伤了心。

后来，村里的人们从城里听说一种黑色的石头居然能燃烧，而且热量比硬柴还大。所谓硬柴是指木头，而软柴自然就是草和粮食的秸秆。这比硬柴还硬的石头，叫作炭。村里以前光景好一些的人家也用过炭，但那是木炭，是把木头烧到一定程度后把火扑灭，这时木头还没有变成灰烬，把它们储存起来，到了冬天，尤其是到了过年的时候就可以点燃取暖了。那种烧木炭的火盆，我以前在村里常见，现在却很难找到了，要是细心的人家存了一个，没有在"大炼钢铁"的年月被炼了钢铁，可以算是一件文物了。如若再过些年月，说不定和青铜器之类的文物一样珍贵了呢。当然，曾架在木炭上熬过的茶罐罐，也说不定和陶罐一样值钱了。

村里第一次用了石炭的那位老大爷，现在已经不在了，但他当时的兴奋和说法至今在村里还常常被人们说起，说是

第二辑 肩上的灯盏

儿子从县城买来一个铁火炉和几节炉筒子，同时拉来了一麻袋石炭。生火炉的那天，天正下着雪，年关也近了，老大爷仔细目睹了生火的整个过程，然后第二天在村里逢人便讲那石头着火的情形。他抖动着花白的胡子，嘬着嘴，夸张地学着炭火燃烧的声音，他说那火才叫厉害呢，哄哄哄——哄哄哄——，似乎老人家的嘴里就这么冒着火苗。

那时，人们用炭一般只有在过年的时候，把炭当成年货来置办的，大家都在县城里买上几百斤，过三天年有炭烧，感觉这日子也就红火了。

后来，我家和炭就有了一层特殊的关系，那就是二哥当了煤矿工人，不仅可以给家里寄些钱来，而且每年过年的时候，矿上会给每个职工发放一吨炭的福利，足足一吨的炭，让我们过年的炉火旺得像喜悦的心情。

现在，村里的山坡上到处是柴草，偶然回到乡下，有时竟忍不住想蹲下去拔上一把，这都是当年缺柴留下的"后遗症"。村里人也不在乎山上的柴草了，他们不缺柴烧，即使有一年天旱了，不仅存余的粮食可以吃上两三年，连粮食的秸秆也足足可以用上好几年了。再说，有的人家常年都用炭火做饭，甚至还用炭来烧炕，上了岁数的老人有时就抱怨现在的年轻人不知道节俭过日子，但年轻人还嫌用炭烧炕麻烦，干脆改用电褥子了，做饭也用电饭锅了。柴草在山坡上绿了黄了，黄了绿了，都没人在意了。

过年的那些事儿

要过年了,母亲说:"有钱没钱,剃个光头过年。"剃个光头,一脑门的轻松,那就是过年的精神面貌。

剃头,是件大事儿。

头在人的身体上,被看成是最高贵的部分,是不能轻易被摸的,即使两个人再亲热,也不能随便摸对方的头,否则就被看成是不敬。一个人的头就是他的庙宇。剃头理所当然要庄重。在我的记忆中,剃下的头发是不能踩在脚下的,也是不能随便扔到什么地方被喜鹊之类的衔了去筑巢的,必须将头发收拾起来,包好塞到墙缝里,或者门窗上的椽下面。因此,每当我们剃完头,母亲就拿了笤帚一点一点地扫落在地上的头发，扫得小心翼翼，生怕漏掉一根半根，更怕一不小心被脚踩着了，仿佛那头发是长在地上的禾苗，一脚下去会把它们踩死。

小时候，我们弟兄的头是母亲剃的。母亲细心地磨了剃头刀，温了热水把我们的头发洗湿，再把自己的围裙围在我们的脖子上开始给我们剃头，但母亲的手艺的确不怎么好，因此，不是头发没有剃干净，留下一小撮一小撮的短头发，就是握刀不稳，留下一道一道的刀伤，常常把我们剃得鬼哭狼叫。我们越哭，母亲就越紧张，往往手下一颤，头皮上就又多了一条伤口，这时母亲就停下手来，拿一点头发贴在剃烂的头皮上，轻轻地吹一吹，一边哄着我们说，不疼，不疼。接着再剃。要是我们实在哭着不让母亲剃了，母亲就用剪刀给我们剪头发，只是总剪不均匀，深一剪浅一剪的，像春天剪过毛的山羊，好在那时有这种"山羊"头的孩子多，也就没有谁笑话谁了。

过年杀猪，也是件大事儿，不管猪大小肥瘦，那可都是欢天喜地的事。但这肉可不能全留下来吃，父亲还要扛一条猪腿到集上去卖，然后买回来炮仗、春联、门神，还有一把水果糖、几尺花布。有了这些年货，"年"就像"年"了。

另一件大事,就是出门在外的人要回家。每到过年时乡下人就总说:"腊月三十晚上,蒿柴棍棍也要回家。"一棵蒿草的家在哪里,不就在山坡沟涧里吗?不就在它的根里吗?

一进腊月,母亲就开始扳着指头数着我要回家的日子,给我留着家里最好吃的东西。大半生都过着苦日子的母亲,她不知道城里的生活情形,她总担心我在外面吃不饱,或者穿不暖。吃饱穿暖是她的人生理想。有一年过年时,我坐在母亲身边,感觉母亲比我矮了许多,但她还是举起关节粗大的右手,轻轻拍去我肩上的尘土。有老父老母在,我就有回家的理由,我就永远是个孩子。

过年了,哪怕只是静静地陪着父母坐一会儿,问问老人的身体,听听老人的心事;或者与兄弟们聊聊天,说说外面的世界,也说说村里的四季风雨和收成;或者到地埂上走一走,到门口的老杏树下站一站,静静地听一听村里时起时伏的欢乐之声,看看头顶高远的蓝天,都会体验到一份浓浓的幸福。

其实,过年也是一个关,是日子的长绳在这里打的一个结,是今天和明天的一个焊接点。头顶年关的红日,就像头顶着母亲温暖的爱心，把该忘记的一切都统统忘掉，包括伤痛、烦恼和一切不如意；把该记住的一切都一一记住，包括成功、喜悦、收获和理想。所谓冬去春来，分界线就应该是过年。想想人的一生，也就是如何过年，如何过关的问题。只要能过个好年，我们就不会在乎一年经历了多少风雨，流了多少汗水。能过个好年，就是幸福。

　　出门在外的人，为了回家过年的幸福而要在路上备受辛苦。记得有一年的年前，下了一场大雪，当我带着妻子儿女从兰州来到县城时，没有一辆车去乡下，给出租车多少钱也不去。这天已经是大年三十了，投宿无处，好在一位朋友仗义，找了一辆越野车，装上防滑链，这才一颠一拐地往乡下赶去。眼看着翻过一架山梁就到家了，可在一个陡坡处车上不去了，我们全家下车，用双手去掰地埂上的土疙瘩，土是冻着的，掰不下来，只能掬一些浮土垫在车轮下，但垫了土的车吼叫着跑了两三米，又被雪滑得不敢动了，我们就在车后面推，推了一段路，实在推不动了，只好让车原路返回，我们背着大包小包的年货步行回家。寒冬腊月的雪夜，我们却走得大汗淋漓。好在孩子听话，他们都没有哭。一进家门，看到父母的笑脸，感受到家里的热气腾腾，路上的一切就都被忘在了脑后。

还有一次是我们在乡下过完年准备回城上班的时候，被一场雪堵在了乡下，好不容易找来一辆车，但车在半道上被滑得转了一个圈，我们下车一看，路的一边是十几丈高的悬崖，吓得我出了一身冷汗。雪越下越大，风越刮越紧，我们再也不敢上车了，就把车推到平缓处，步行而去……

从此，每当过年遇雪，父母就在电话里一遍遍嘱咐我，路上难走得很，一定不要回家来，就在城里好好过年。不能回家的年，过得牵肠挂肚。出门在外几十年，我有两次没有回家过年，但这两次成了我永远挥之不去的遗憾。

父母去世后，老家就变成了故乡，不管下不下雪，我都不用回到乡下去过年了。每到春节，看着不少的城里人纷纷去了四面八方的乡村，我就会感到没有牵挂的孤独。

地骨皮也叫刺皮

一朵蓬蓬勃勃的刺，有时候远比一棵弯拧疙疤的树重要得多。

我说的刺是一种野生植物，学名叫枸杞，它的根叫地骨，地骨皮是一种中药，我们叫刺皮。

地里地外、山谷崖畔随处都是刺扎根开花结果的家，而且格外茂盛，天下不下雨无所谓，有没有人关心无所谓。指头般粗细的刺根，在地下能长好几丈。在我的记忆里，每一根刺根都是挖到一定程度时就适可而止了，准确地说是挖得力不从心了，只能一铁锨砍断扔进背篓里，从来没有人把一根刺根真正挖完过，即使再贪婪的人也没有这个能力，那根实在是扎得太深太远了。我曾想，这些虬曲盘结坚忍不拔的根，还的确像是土地的骨头哩，要是没有了它们，这地球说不定哪天就会像一块土坷垃随时碎掉。挖来的刺根，垫一块石头或木墩之类的东西，操起菜刀背或斧头背，趁着刺根正湿嫩的时候，"砰砰砰"几下，那皮就会从白森森的根上蜕下来。如果不及时去砸，过了一两天，皮就会和地骨粘到一起，不易剥下来了，即使勉强剥下来，也是指甲盖一样的小片片，是等外品，卖不了好价钱。因此，挖刺根回来，就要赶紧坐在门槛上砸。然后，将那剥好的刺皮在太阳底下晒干，晒好后就可以拿到药材公司去卖钱了。在那个年月，一斤几毛钱的价钱已经够吸引人的了。因此，那时岔里有不少人利用工余时间去挖刺根，从而补贴家里的煤油钱、女人的针线钱和孩子的上学钱，我不知道那时岔里为什么会有那么多的刺。

后来我曾怀着一种特别的感情，在《辞海》里查到了关于枸杞的注释：多年生小灌木。茎丛生，有短刺或无。叶卵形或披针形。夏秋开淡紫色花。浆果卵圆形，红色。中国各地均有野生……

那是一个秋天，我从土坯裸露如瘦骨嶙峋的老牛般的窑洞里出来时，臂弯处挽着一篮刺皮。我跟在父亲的身后，一声不吭地走着。太阳下，一高一矮一直一弯的两个人影和一头毛驴的麻乎乎的身影在黄土山梁上都被拉长变形，冰冰冷冷地飘着。

走到县城的时候，已是中午时分，收购刺皮的药材公司已经下班，粮站也已关门，刺皮卖不成，救济粮自然也打不成了。于是，我们就拥着毛驴站在药材公司门口的屋檐下等着，我们都感到有些冷。门口的一间房子里住着一位工作人员模样的年轻女人正"咝咝吧吧"做着中午饭，那浓烈扑鼻的油腥气味，刺激得腹中空空的我直咽口水。我和父亲谁也不说一句话，只是认认真真地瞅着尘土飞扬的大街上轰轰隆隆驰过的卡车和三三两两的行人，偶尔还会有一辆黄帆布小车高傲地冲过眼前，冲向一个我不可知的地方。大约在房间里的饭就要做好的时候，那扇半掩着的门砰的一声关上了，我忽然感到了自尊心被伤害。我说，咱们到街上转一会儿吧。我们吆着毛驴，提着刺皮，从南关走到北关，再从北关走到南关，仿佛急着赶路的样子，一个中午，我们就这样走了三个来回。

后来，我考上了师范学校，毕业后，回到我们乡里当了几年的中学老师。在植物课上，我曾给孩子们讲枸杞，讲地骨和地骨皮。当然，现在我们岔里的人谁都不再挖刺根了，一是大家的日子已经好过多了，另一个原因是挖刺根不利于水土保持。但每每在乡下看到一棵棵旺盛生长的野刺，我总会想起挖刺根的日子，想起父亲，想起一个人与一种植物的关系。

寻找苦苦菜

村里人不知道苦苦菜是什么科,当然他们根本就不知道什么叫科;也不注意它是多年生还是一年生,甚至粗心到不知道它到底长几片叶子,但谁都能在庄稼地里或者地埂路边上一眼就认出它来。绿绿地翘着几片叶子,谛听着人们远远近近的脚步。当一个人的眼光和一朵苦苦菜相遇,碰撞出的绿色闪电足以划破所有坚硬的日子。

苦苦菜是从雨后人们踩在地里的坚硬的脚窝里长出来的。脚窝里不长庄稼,苦苦菜却乐得其所,仿佛要和庄稼比赛似的,在苞谷小麦们似乎还没醒过神来的时候,它已经蓬蓬勃勃地长出来了。当然地埂上、水沟边也是苦苦菜安家落户的宜居之地。

　　苦苦菜的叶子和根里都藏了很浓的汁，乳白乳白的，说那是苦苦菜的奶汁或者血液大概都对。用舌尖舔一舔，却是一种尖锐的苦涩，直苦得你用牙咬住舌尖，不住地吸气。那汁如果粘到手上或者衣服上很快就会变成一个小黑点，像不小心被刺划破了手背或者脸颊而变黑了的一粒血痂，血痂用手一抠就会抠下来，但苦苦菜的汁是很不容易抠掉的。如果粘在手上，最好的办法是抓一把土去揉，然后用指甲抠，虽不能弄干净，但过几天在劳作的过程中用手不断地摩擦，那黑斑就渐渐地没有了。只是粘在衣服上，特别是白衣服上最让人难堪，或许用现在的洗涤剂之类的东西可以洗下来，但在那时我连听都没有听过"洗涤剂"这一名词，只好让一件粘着像麻雀屎一样黑点的白衬衣一直穿到烂为止。衣服破得不能再穿了就做成鞋底，鞋底磨透了，就垫到什么物件下或者扔到屋角、门外、野地里，当然那时没有人会想起那些黑点还在不在了。

　　缺粮的日子，苦苦菜是村里人炕桌上的一碗"美食"，这里我不说"一盘"是因为那时村里没有盘子，大家吃什么都用碗，如果谁家有个咸菜碟子就算是豪华的了。

苦苦菜可以拌在汤里喝，和在杂粮面条中吃，搅在苞谷面饼子中嚼，这一切都不是为了增加营养，而只是为了增加食物的量，简单地说是为了把空空如也的胃填得充实些。那时候人们根本不知道苦苦菜中到底有什么营养成分，尤其是不知道它还能帮助人们降血脂、开胃口，等等，只知道它可以吃，可以让你在饥饿中多坚持一阵子。除了以上吃法，苦苦菜还可以做咸菜、做酸菜。咸菜是拌了盐腌制一段时间吃的，但往往为了应急，也有边拌边吃的，吃进去的盐粒还没融化，最容易让胃里不舒服，不舒服就恶心，对付的最好办法是赶紧嚼几口饼子，如果没有饼子就躺一会儿，等到盐粒在胃里融化之后就会感觉好一点；酸菜是把苦苦菜发酵了以后吃的，有时从地里回来没有别的可吃，就从酸菜缸里捞一碗酸菜，撒一撮盐，再好一点还可以滴上两三点清油，最好的还可以撒上一些辣椒面，用筷子一搅就可以解渴、充饥，还解馋。绝对比现在城里餐桌上的吃法香得多，也精彩得多，我们那时才叫吃。

但苦苦菜刚从地里剜回来时是不能吃的，因为它太苦，必须用水泡上一两天，而且还要换几次水，每一次都是先把那泡黑了的水倒掉，然后两手紧紧相握着把菜捏成拳头大的疙瘩，再换上新水泡，直到掐一根苦苦菜放到嘴里嚼不出苦味了才可以在锅里煮，煮到八成时，就捞出来泡在凉水里，再捏干就可以做菜吃了。

小时候，剜野菜几乎是春夏秋三季必修的功课，如果谁发现哪片地里有苦苦菜，那可真叫大喜过望，往往是一个人悄悄挽了篮子，提着小铲子，躲避着别人的目光，赶紧去剜到自己的篮子里。如果是一个大人，往往喜不露色；但若是一个孩子，回到家里就会把满满一篮子的苦苦菜往院子里的干净处一倒，吆喝着让大家来拣择，或者举着篮子凑到大人的眼皮底下好好炫耀一番，那神情俨然是得了一笔意外之财。但生产队地里的苦苦菜是不允许人们去剜的，因为剜野菜时会踩着庄稼，甚至因为剜了野菜会一不小心把庄稼的根剜断。如果那时候让我选择一种植物来赞美，我绝对会放弃庄前屋后的大丽花，甚至放弃艰难长大的柳树、杏树而歌唱苦苦菜，把苦苦菜放大成一棵生命之树。

现在，偶尔在高级酒店的餐桌上看到一盘黑乎乎的野菜，尝之无苦无涩甚至没有任何滋味，有人告诉我这就是苦苦菜时，我就会想起乡下的那些日子。

有一天，我领着女儿从甘肃日报社的大台阶上拾级而上，在大理石台阶的缝隙中看到一株绿色，女儿问我这是什么时，我忽然感到必须为一朵苦苦菜写点什么，至少要让今天生活在城里的孩子们认识世界上有一种植物叫苦苦菜。前些年听说城里的孩子不知道土豆是从土里长出来的还是从树上摘下来的，搞不清小麦和韭菜的区别，被我嘲笑了好一阵。但当自己的孩子不认识曾养育过他们父辈的苦苦菜时，我感觉到了自己的愧疚。好在苦苦菜也有灵性，它竟然用挤出大理石缝隙的方式来到城里，来到我的眼皮底下，从而进入我的心里。

一朵苦苦菜的"苦"可以唤醒一个人的味觉，也可以唤醒人们对一段时光的记忆。有时候我们感觉到自己血汗的咸涩和眼泪的苦涩，那或许就是贮存在体内的苦苦菜的汁液。如今，我松弛的脸上出现了一些黑斑，多像当年粘到脸上的苦苦菜的奶汁还没有被洗去。

绿绿的苜蓿

苜蓿是给牲口吃的，是庄稼人专门给牲口种的"粮食"。人吃人的粮，牲口吃牲口的草，这是天经地义的事。在这一点上，牲口比较本分，比如毛驴深知人的粮食比驴的草好吃，但它从不会跑到人家里去撕开粮食口袋大嚼其粮，也不会揭开人家的面柜挖了白面，像有些人吃炒面那样吃得满脸都是白，驴只吃人们给它的草。人看驴太累了，为表达对它的感激，有时会在铡好的草中撒上一把豌豆或秕麦子，就像人们在面条里浇一勺肉臊子一样，它就感到很满足，像是"过年"。但在一般情况下，人是自私而吝啬的，比如吆着驴走过地埂，即使驴的眼睛不断觊觎着绿油油的庄稼，驴也不敢越雷池半步，把嘴伸到庄稼中去，否则人就会把鞭子抡到它的身上，让它赶紧"悬崖勒马"；当然也有心存侥幸的驴或者是它误以为地里的庄稼和地埂上的草此时没有什么区别，只是地里的比地外的长得茂盛些而已，只是因为人们抢占了那些"草"而不让驴吃罢了，因此就乘人不备狠狠偷上几嘴，因而也就多挨了鞭子。鞭子挨得多了，驴也就学乖了，知道人是最惹不起的，也就安分守己地干活吃草，再没有吃粮的非分之想了。但人就没有驴那样本分，粮食不够吃了，就吃牲口的苜蓿，而且还一副理直气壮的样子，从不怕牲口看见。即使被驴看见了，驴生气地吼上一声，人也只当是没理解，不理会；假如被本来话就不多的牛看见了，牛不吭气，只是睁圆了牛眼瞪人几下，人还是装作没看见或没看懂牛的眼色。人们越是吃苜蓿吃得口角流出绿汁，吃得脸色发绿，越是疯了一样抢着吃，不吃又怎样呢？人活着总得吃呀！粮食不够吃，苜蓿是最好的"粮食"。

20世纪70年代，我目睹了一个村子的人们掐苜蓿的壮观场面：大约是农历三月的中旬，苜蓿刚刚长到一拃长，天蒙蒙亮，生产队长站在地边上吹响三声哨子，早已站在地边手里提着篮子的人们就忽地扑进苜蓿地里，四下散开，一只只粗糙的手急急地向苜蓿拔去。本来在这之前队长已交代大家，只能掐苜蓿的上半截，不准连下半截一同拔掉，但急于掐苜蓿的人们哪里管那么多，只是疯狂地往自己的篮子里拔，他们只相信拾到篮子里的都是菜，因而有人也连苜蓿根一起拔到了篮子里，只要篮子里装得多，人就心里踏实。当时队里规定，每天只允许一家出一个人到队里的苜蓿地里掐苜蓿，时间是半个小时，最多一个小时，而且必须是在当天规定的那块地里，第二天再换一块地，要是在同一块地里掐得太厉害，苜蓿就长不好了。当队长吹响了停掐的哨子时，人们一边往起站，一边还要拔上最后一把。这天掐的苜蓿就是一天的口粮补助。有时由于劳力紧张，队上则让大人们天一亮就去上工，让每家出一个小孩子到地里去掐苜蓿，时间是只准掐一上午，中午之后就不准再掐了，否则就扣这家的工分。

各家掐回来的苜蓿，先要细心地拣去其中的杂草，再用清水一洗就可以下锅煮了。熟了的苜蓿，用手一捏，捏掉里面的水，捏成拳头大的菜丸子，既可以撒了盐拌着吃，也可以撒到锅里的汤或者面疙瘩中吃，目的是增加这顿饭的稠度。也可以和在苞谷面里做成菜饼子吃，这样的饼子往往是菜多面少，但总归是饼子，一个上午，肚子就靠它来填充了。

那时候，母亲每天早上起床的第一件事就是给我们几个还在被窝里酣睡的孩子每人枕头边放一个她昨天晚上烙好的菜饼子，按年龄大小分配，年龄大的分个大的，年龄小的分个小的，年龄更小的当然分的饼子也就更小了。我往往是眼睛还没睁开，就已伸手去摸枕边的菜饼子，赶紧撕上一口放在嘴里这才算完全醒了过来。本来是每人一个的饼子，但其实母亲常常没有，她的一个留给父亲中午来吃，因为她觉得父亲是这个家的顶梁柱，也最辛苦，应该多吃一点。母亲留的这个菜饼子，据我多次细心侦察，一般存在这几个地方，一是藏在挂在门背后的笼里，一是扣在锅台后面的碗下面，有时候甚至藏到锅膛里的灰上面。母亲之所以这样想尽一切办法藏，是怕我们这些孩子发现后吃了，父亲中午回来就没喝茶吃的馍馍。我发现母亲的藏"宝"之处后，偷偷地观察过那个菜饼子，并用手亲切地多次抚摸，我惊喜的是，常常在那个菜饼子的周边总会掉下一星半点的馍馍渣，我便喜不自胜地用手拈来放在嘴里，再把菜饼子翻过来看，看下面再有没有意外的发现，但这样的发现并不多，实在对这个饼子爱慕得不行了，看它的边上有些不光滑，直至有翘起的菜叶子时，就用手去撕下那些"多余的"部分，有时不经意就把那个菜饼子的边沿撕掉一圈。但最终我还是不敢把这个饼子完全吃掉，我怕没了这个饼子会换来母亲的一顿巴掌，也怕大人们会认为我是个不孝顺的孩子。

苜蓿能掐着吃的时间最多也就半个多月，因为再长一点，就没掐的了，苜蓿已长老了，老得人嚼不动了。这期间各家的口粮补助就只能靠苦苦菜之类的野菜了。但等到五六月时，苜蓿又能吃了，那就是捋苜蓿花吃，那紫色的花朵，一抓就是一大把，捋回来洗净了，和嫩苜蓿一样好吃。只是苜蓿花捋光了，秋天的苜蓿上就很少有籽实的收获了。

写到这里，忽然想起一件事来，那是一个月亮很亮的晚上，亮得人心里空空的，母亲挎了篮子去了苜蓿地里，她想掐点苜蓿来让明天早上一家人的菜饼子大一点，但那时的苜蓿晚上是有人看的，没有掐到苜蓿的母亲，回来后一声不吭就躺下睡了，我们都不知道。这件事，我在《我把你的名字写在诗里》一诗中写过。

后来，听到这件事的我小姑，心疼了好些日子。小姑家与我家仅隔一座山，有一次，小姑把她掐的苜蓿装在背篼底部，上面装上柴草，偷偷地背到我家来，让母亲煮了给孩子们吃。我也曾到小姑家不远的山坡上装作拾柴的样子，把小姑掐好的苜蓿带回来。至今，我常常跟小姑说起这事。

我到兰州工作后，母亲还会掐了苜蓿晒干后装在塑料袋里，等我回家时泡了给我吃。苜蓿还是那片地里的苜蓿，但味道和以前不一样了。

现在，苜蓿早已还原到了作为牲口的草的地位，想必一头毛驴和一头老牛再也不会因为人们与它们争食而耿耿于怀了。

瓶装的清油

我所说的清油，是指胡麻油。我小的时候，饭碗里如果能漂着几朵清油油花，那就是幸福的时光。

村里人说起现今的生活："一天倒掉的洗锅水里的油，都比以前一年吃的油多。"他们说的以前，指的是用玻璃酒瓶装清油的那些年。那时，每家总有那么几个空酒瓶用来装清油，或者用来打煤油。现在已记不清那些酒瓶是从哪里来的，但瓶里的油是怎么吃掉的，我记忆犹新，甚至我都能记得每一滴油是怎么渗到我的骨头里的。

瓶装的清油有这样几种吃法：一种是用一根筷子浅浅地伸进瓶里的油中，然后再把筷子提到饭碗上面，一滴清亮的油就会小心翼翼地滴到面条上或者煮好的野菜上，慢慢洇开了去，再用筷子搅动几下，那油的香味就会均匀地渗到整整一碗的食物中，弥漫着人对美味的渴望。

第二种是倒一小坨油在碗底或者小碟子中，用一片小布片轻轻蘸了油，那布就叫油抹布，在做饭前用油抹布把整个锅抹一遍，热锅散发出的油香味就在屋子里飘荡开来，于是就感觉整锅的饭菜里都有油了。用油抹布抹锅还有一个作用，就是摊煎饼时，煎饼不会粘锅，纸一样薄的煎饼用铲锅刀一铲就会干净利索地揭起来。只要抹布还油着，就会一直用来抹锅，甚至到那油抹布已干了，变硬变黑了，还用来抹锅，仿佛那只是一个程序而已，已不在乎油抹布上到底有没有油了。那小小的一坨油有时会用上好几个月。

第三种吃法应该是最奢侈的了，那就是一咬牙将一瓶或两瓶油咕咚咚全倒在锅里，炸油饼。对当年的一个家庭来说，炸油饼无疑可算得上是一件大事。首先说发面，面不能发得太过，否则就特能渗油，一斤油炸不了几个油饼，等到面刚刚开始发，但基本上还是死面时就要擀面、下锅，这样炸出来的油饼就有薄薄的一层皮，不费油。第一个油饼是要献到灶爷板上的，家家都这么做，因此炸油饼就有了几分神秘的色彩。炸油饼时,别人不能随便进入厨房,据说一旦别人进去就会冲了油神,锅里的油就会溢出来。现在一想,那其实是母亲哄我们的,她是怕孩子们进了厨房,炸出一个吃一个,油饼炸完了也就吃完了。她必须等到油饼完全炸好了,然后给每人分两三个,剩下的油饼全部封存起来,大人小孩都不准吃,用来走亲戚时当礼物用。于是挂在墙上的那一篓油饼就会让我胃里的馋虫蠢蠢欲动好些日子,直到那些油饼被送了出去,我才会彻底失望,或者说绝望。

说到瓶装的清油,还勾起我对榨油的一段回忆:记得那时每年的冬天,生产队里总要挑几个人到油坊里去榨油。所谓油坊,就是在河沟的悬崖上挖了几孔深深的窑洞,洞里点着清油灯,但对外面的人来说依然觉得黑得神秘,充满了想象。据父亲讲,榨油的程序基本上是炒油籽、磨油籽、包油包、压油,等等,至于其中的细节,外面的人是不得而知的。

有一年,父亲去榨油,为了让我们全家都吃到清油,父亲曾让母亲蒸了荞面和苞谷面馍馍送到油坊里,父亲在那里把馍馍揉碎了,用油拌了,再带回来。吃那样的一碗油馍馍,嘴角流着油,心里也流着油。现在想来,还往往禁不住舔舔嘴角。

油榨好了，就要用铁桶担了缴到公社的粮站上去。缴完油，父亲便急匆匆地把两只我们那时叫作洋铁桶的空桶挑回家，仿佛走得慢了那困在桶底的油就会蒸发了似的。看父亲来了，母亲就赶紧把那两只油桶斜着倒立起来，桶沿下放上一只碗，两只铁桶往往会积出小半碗油来，然后把这小半碗油倒进油瓶里，一看足足有三两。这可是一家人欢天喜地的收获。因此，能去榨油和去担油的人，都是让队里人羡慕甚至嫉妒的人。

至于分给各家的油，无论按工分分，还是按人口分，最多也就两三斤，拎两只瓶子或者提一个瓦罐就能打回来一年分的油了。为此，每每家里来了亲戚，需要给亲戚做点好吃的，比如烙一张油煎饼或者打两个荷包蛋，不是缺了面，就是少了油，没办法只好向邻居家借。如果有人手里捏一个茶杯东家进西家出，那人家里肯定是来了亲戚。借终究会借上的，但还油就必须等到年底新油分下来的时候了。如果谁家这一年借过油，这家人过年时往往就炸不起油饼了。

瓶装清油的年代已经过去，现在油多了，吃的也丰富多彩了，甚至都吃得大腹便便营养过剩了，但我总觉得什么好吃的都没有当年瓶装的清油香。如今想想那从筷子头上缓缓滴下的一滴油,多像一滴忧伤的泪,或者一滴额头上滑下的汗,或者心里的一点疼。如果说一滴水就能映出太阳的光辉,那么一滴清油就可映出一段历史,映出一代人的生活。唉,瓶装的清油,瓶装清油的那个年代!

第三辑

乡村收藏

石　磨

石磨的发明使用，标志着人类食用带皮作物时代的结束。

我曾在博物馆里看到过内蒙古赤峰市红山文化遗址出土的新石器时代的石磨盘和磨棒。

石磨盘，严格意义上说只是一块条石，像一块磨刀的条石，但它不是被刀磨成这个样子的，而是用一根石头做的磨棒碾压粮食时，被粮食磨出来的，粮食好厉害呀，它们把一块石头就这样缓缓地磨凹了，也把一个个人都磨老了……

当然这种磨棒和条石的磨子现在只能在博物馆里看到了，偶然在乡下见到的圆磨盘，不是静静地尘封在不用的窑洞里，就是默默地立在墙角处，任风吹着、雨淋着、雪落着、阳光晒着，扔在那儿没用了，被遗忘了。甚至连那时一边抱着磨棍推磨，一边手里做针线活的母亲都把它忘了。

我家的那盘石磨，多年前属于雷姓人家，后来归我家了。据说磨盘上原来有个"石记"，可能就像人身上的胎记，雷家人用这盘石磨磨了多年面，越磨越穷，但到了我家时，磨盘上那个"石记"已被磨光了，我家便越磨越富了。我见到这盘石磨时，我家也很穷，难道那个"记"又长出来了？我没见过。只记得那时，每过两三年，就会请来一个打磨子的石匠，把磨齿再往深凿一次。

那盘石磨现在还在我叔叔家的一个塌窑里放着，好多年都没有动过了。记得刚让它"退休"的几年，母亲有些留恋它，说还是石磨上磨的面香。但她也只是说说，不会再抱起磨棍去一圈一圈地推磨了。想起经常推磨的那些年，母亲常常是白天在生产队里劳动，晚上才推磨，往往推到半夜，才能推够我们一家十天半月的口粮；我上小学的时候，下午放学后的任务就是推磨，母亲中午准备好了一脸盆粮食，叮嘱我推完后才能休息。有一年冬天，母亲让我套着驴拉磨，但我实在冻得受不了，跑到炕上去暖脚，驴就把磨台上的面吃了个一塌糊涂。多年后，母亲还记得这件事，她说那些面多可惜啊！

碌碡

我在一本旧书中看到了碌碡。那本书叫《王祯农书》，是元代一个叫王祯的人编的，他编的这本书与元代司农司编纂的《农桑辑要》一样，都是为了推广农业技术，指导农民耕田种地、养蚕织布的。王祯以前的农书，或是时间已久，或是只适应于局部地区，因而有很多缺憾，如后魏贾思勰的《齐民要术》主要限于黄河中下游，南宋陈旉的《农书》主要限于江浙一带，《农桑辑要》也主要是北方地区。而《王祯农书》则兼论南北方，是我国第一部对全国范围的农业做系统研究的农学著作。

王祯画的碌碡，是一段石柱，凭我对碌碡的了解，它应该有一个人能够抱住那么粗。碌碡套在厚木条做的架框里，如果把它拴在牛、马、驴的身后，鞭子一扬，牲口就会拉着它滚动起来，从晒干摊好的庄稼上碾过去，一圈又一圈，直到把秸秆和粮食碾压得分离出来。

只是我怎么看，王祯的碌碡图画得不太像，至少和现在的碌碡不太像，碌碡怎么可以中间高两头低呢？那样的碌碡与地面的接触面小，因而也就与摊着的庄稼着力面小，拉起来省力，但劳动效率不高，咯咯吱吱地拉上一天，说不定还不能把粮食碾净。做这个碌碡的石匠真笨，要是他再使把劲，把中间的石头再多削下来一些，不就是现在这个碌碡的样子了吗？当然，石匠们想到这个问题时已是以后的事了。

有一年，我在云南省中甸县的藏族同胞家里见到的碌碡，竟然和我老家甘肃中部的碌碡一模一样。碌碡的框架长1.1米，宽0.96米；石碾左端直径为0.37米，右端直径为0.4米。我走过去亲切地摸了摸，当然，也只能摸摸，我再不会像以前那样，和村里的年轻人比赛举碌碡了。举碌碡一般是在傍晚，庄稼碾好了，场也扬完了，一天的农活干完，年轻人感觉还没有把力气用完，他们的精力常常旺盛得让人吃惊，于是就起哄着开始比赛举碌碡，一个人过去，使出了蛮力，没举起来，脸憋得通红，退了回来，感觉很没面子；再一个人过去，向手心里唾了口唾沫，双手一搓，一使劲，挣得放了一声响屁，碌碡刚离地面又重重地落在地上；第三个人过去，刚弯腰屈腿，却刺啦一声，裤子被撕破了……终于有一个人，举起来了，举过了头顶，而且还炫耀着走了两步，然后将碌碡摔在地上，大家看时，场被砸了一个坑，喝彩声、掌声不绝，小伙子看到人群中有姑娘也在笑，心里就更是自豪得不行。

  我是举不起来碌碡的，但多年后，我在老家看着静静地蹲在场边上的碌碡，还是忍不住试了一下，我已使出了洪荒之力，但碌碡纹丝不动，碌碡似乎比以前更重了……

猪尿脬

在老家一间屋子的门后面，至今还挂着一个猪尿脬，像现在常在工艺品市场见到的雕刻葫芦。这是什么时候挂在这儿的，忘了。它挂在这里有什么用，谁都说没用了。现在的孩子还玩吗？不玩了。它就在门后面，一直挂着。但可以肯定的是，它绝对不是我见过的那只。

我小的时候，过年杀猪便是孩子们抢猪尿脬的时候。待忙活的大人喊一声"猪尿脬"，把一只猪尿脬扔了过来，早已守候在周围的孩子们蜂拥着扑过去，谁眼疾手快抢到了，就高兴得一个蹦子跳得老高；没抢上的，除了泄气，剩下的就只有羡慕了。

抢到猪尿脬的孩子，先把里面的尿水挤掉，洗干净，然后用嘴使劲地吹，两腮一鼓一憋，猪尿脬就慢慢鼓起来了。先是很小，小到只有一只拳头大，于是就按在用麦草泥抹过的墙上，双手使劲地来回研，围观的孩子也忍不住伸过手去帮着研。研上一阵，瘪了，再吹，再研。在不断吹着、研着的过程，猪尿脬就一点点变大了，大到和一个猪头那么大，一个孩子用线绳扎了进气口，然后将它当成气球高高抛起来，还没落到地上，其他孩子就已经去抢了。抢上的孩子再抛，大家再去抢。后来，抢不及了，干脆当足球踢……一时间，村子充满了孩子们抢猪尿脬的欢闹之声。

那时，乡下的孩子没见过气球，也没有见过足球。他们玩的是自己缠的毛蛋，自己做的弹弓，在自己画的方格里跳方，用自己拣来的石子"抓五子"。最让他们开心的猪尿脬，玩着玩着就不小心破了，破了的猪尿脬会让孩子们伤心好几天，伤心过了，年也就过了，大人们又开始为抱"猪娃子"而操心了。

一头猪，曾在乡下举足轻重。每年二三月的时候，到集上买一只猪崽子，或者村里谁家的猪婆下了崽，就去抱一个回来，叫抱"猪娃子"。把一头只有人一只脚大的猪娃子喂大，大到一百多斤、两百斤重，中间要付出很多辛苦，要操不少心。尤其是人的肚子常空着的时候，要让一头猪吃饱而且长膘，那就更难了。猪还是猪娃子的时候，山上有草，就拔些猪爱吃的草来喂；山上没草的时候，就把从粮食上打下来的草衣筛细，用开水拌了给猪吃；待到进了腊月，看猪还那么瘦，就一咬牙，把粮食的麸皮给猪拌上一些；还不见起色，就干脆从人嘴里挪一些洋芋给猪吃。当然，一过了腊八，不管猪的肥瘦，都得杀了。过年有猪杀的人家，这年就过得欢天喜地。

不管是谁家杀猪，这一天都是全庄子人的节日。左邻右舍都要去一个人帮忙，帮忙的人就会吃到一顿肉，而且这家人还会炒了肉，给每家端一碗去。肉炒好了，大人们都坐在炕桌周围，孩子们则飞跑着给各家端肉，我就是那些飞跑的孩子中的一个，只是一手端着一碗肉菜，一只手还拎着那只怕被别的孩子抢了去的猪尿脬……

第三辑 乡村收藏

鞋样子

在母亲的箱子里,珍藏着十几张鞋样子,有用旧报纸剪的,有用我写过的作业纸剪的,也有用从各处捡来写过标语的纸剪的,其中有父亲的,有母亲的,有我们弟兄和两个妹妹的。小的是我们小时候的,大的是我们长大了的,不大不小的是我们在长大过程中的。母亲说,有一年我的脚长得特别快,一双新布鞋穿了没多长时间,脚指头就把鞋给顶破了,当然个子也在疯长。记得我们每天上学时,先把鞋脱下来夹在腋下,快走到学校了才穿在脚上;放学回家,干脆把鞋装进书包里,赤脚走回家。一双鞋多么珍贵。

把一个人的鞋样积攒起来,就是一个人的成长史。这部历史是母亲一针一线纳过来的。

穿着母亲做的布鞋，刺就扎不疼我的双脚了。

穿着母亲做的布鞋，我就会一直走在母亲的手掌心里。

有时候我不得不穿皮鞋，但这个世上最合我脚的还是母亲做的布鞋。

女民兵照片

一个女民兵,斜抱着一杆枪,表情严肃地站在那里,但那里是哪里?说不上,或许是照相馆里,也或许是田间地头……

照片只有火柴盒大,黑白的,装在玻璃相框里,和其他的小照片一起,挂在糊着旧报纸的墙上。

女民兵是学着雷锋的样子照的。雷锋是全国人民学习的榜样,我们在报纸上、学校的墙报上经常看到他那张抱着枪的照片。只是雷锋的是半身照,而女民兵的是全身照,全身照更能表现一个女民兵的飒爽英姿,是啊,飒爽英姿,一说这个词我就想起那首当时家喻户晓的诗来:"飒爽英姿五尺枪,曙光初照演兵场。中华儿女多奇志，不爱红装爱武装。"爱武装的女民兵，腰上扎了根皮带，就显出苗条和曲线的美来。

苗条的女民兵，现在都已当奶奶了，当奶奶的女民兵当年又粗又黑地垂在双肩上的麻花辫已经花白地盘在了头上，严肃的表情现在变成了慈祥。岁月在她当年美丽的脸上留下了皱纹。

有一天，稚气的孙子问奶奶那照片上的人是谁，奶奶说那是一个女民兵。

孙子问女民兵是什么？奶奶说女民兵就是那时背着枪的农民。

小学生集体合影

有一张老照片,黑白的,是我小学毕业时全班同学的集体合影。

先说背景。天是蓝天,但小小的照片装不下;也有白云,只是一直在照片外边飘着。校长从城里骑着自行车请来的照相师傅,喝了一会儿罐罐茶之后,就让老师把我们五年级的同学集中在一起,往左往右地一阵指挥后,喊着注意,别眨眼睛,"咔嚓"一声,就用他挂在胸前的照相机把我们照在一张巴掌大的相纸上了。那时我们都还不知道大家一起喊茄子时表情最好,所以看起来每个人都显木讷。至于照片小是因为我们钱少,照相师傅说如果钱多就可以放大到一张报纸那么大。天啊，我们可不敢放那么大的照片。只是拿到照片的那天，我忽然想，如果多给师傅两块钱，他是不是就会把蓝天白云一并照在照片上呢？我喜欢天空的宽广。

我们站在一间教室前面。那是一间新教室，门窗和屋檐用绿油漆刷过，窗子上还装了玻璃，是当时我们全村最漂亮的建筑。

站在我们身后的是一排白杨树，从树叶的密度看，这时候是夏天。但在照片之外，还有我们的几孔教室。说"孔"，是因为那是几孔窑洞，用土坯箍的那种。窑洞里的桌椅板凳，全是老师带领我们做的土台子，上面刷了黑漆。当年，我们就是坐在这样的教室里，坐在这样的桌椅上学会了《我爱北京天安门》，学会了汉语拼音"a、o、e"，学会了"1+1=2"，学会了像小鸟一样扑腾着翅膀往外面飞。

照片上的男孩子中，有一个孩子的帽檐耷拉下来了，几乎把眼睛都遮住了，那是谁呢？名字想不起来了，我把那个经常用袖子擦鼻涕的孩子的名字忘了。或许他就是那个因为我喊了他父亲的名字而和我打过架的同学吧？不敢肯定。几个没戴帽子的男孩子，都剃着茶壶盖样的发型，那个"茶壶盖"被剃偏了的孩子我可认识，他就是那个老把一个字念成一个词或者一句话的人，比如，老师指着黑板上的"我"字问他这个字怎么念，他就念"我爱北京天安门"，老师又指着"爱"字问他怎么念，他还念"我爱北京天安门"，老师便在他的笨脑袋上敲了一教鞭……那些男孩子中有一个是我，我就不指给你看了，有些不好意思。而女孩子们，都一律是两根细细的麻花辫，垂在两只瘦削的肩膀上，当然肩膀上还打了补丁。其中的一个，我上课时偷偷地揪过她的辫子，其实，我只是轻轻一揪，她就猛地转过头来，用两只乌溜溜的眼睛瞪我一下，然后就哭了，哭着告诉了老师，我就被老师叫到办公室里一通狠训。

男生站在后排，就是站在老师身后，一个个像老师的小小"护法神"；女生蹲在老师前面，像几朵开在乡村的花；而老师，一共三个，他们是校长陈老师、我的堂叔牛老师、我的表叔曹老师，他们都坐在凳子上，表情庄重。坐在最中间的当然是陈老师，只有他看起来皮肤白净，衣服上没有补丁，上衣左口袋上还别着一支钢笔。陈老师是小学老师中唯一的一位公派老师，不久后就调到公社的中学里去了，再后来又调到他家乡的学校里去了，我小学毕业后就再没见过他。曹老师是个严厉的老师，我肚子里最初的那点墨水大多是他给的，过了几年，他也转为公办老师了。而我的堂叔牛老师，不久后去世了。

多年后，也在这所学校上过学的弟弟当了村干部，他在电话中告诉我，他有一个很大的政绩，就是把村学的教室翻盖了一遍，全都是一砖到顶的砖瓦房，而且他还争取到了两个大学生到学校里当老师，孩子们可高兴了。

好想再到那个学校里去照张相。

水烟壶　旱烟锅

过去乡下抽烟的人抽两种烟，一种是水烟，一种是旱烟。

抽水烟要有水烟壶。关于水烟壶的构件及吸食方法，史料中曾有这样的描述："装水半壶，外有五件，一烟窝，二烟管，三烟夹与毛刷，四纸媒头管，五烟丝筒，另加铜链，外观别致。吸食者先装烟丝，口吹纸媒头，一口吸净，接着吹烟灰……"使用水烟壶需要把握的细微技巧不少，如给盛水斗上水，只要稍微多一点儿，吸烟时的第一口肯定就是"辣汤"；若少了，又发不出悦耳的"咕咕"声。水烟壶应一日一小洗，五日一大洗。擦拭白铜壶时最好用瓦灰，这样既能把壶擦得锃光瓦亮，又不致损伤精致的镂刻纹饰。此外，冬、夏季节需为水烟壶的手托套上托套，夏天用竹丝或龙须草编织，以防手汗侵蚀烟壶；冬天用绒线编织，以免烟壶冰手。

我见过一把水烟壶，是在我二伯家，二伯闭着眼睛呼噜一声抽一口水烟，接着就把烟管取出来，对着烟管下端"噗"地吹上一口，那已经燃成灰的烟丝就"唰"地一下飞出去了。然后用手揉一小团烟丝装进去，拿一根小木条到油灯上点着，再用小木条去点烟，为了节省小木条，烟点燃后就要把小木条吹灭，二伯有时干脆把水烟锅凑到油灯上去点，但这种情况比较少，因为灯上的油烟会影响到水烟的口感。待二伯的烟瘾过足了，就收起水烟壶，放到堂桌上，小孩子不敢轻易动它，因此我从来就没有摸过那把在我看来冰冷冰冷的水烟壶。

大约是20世纪70年代，村里大修水平梯田时，从古坟中挖出来一把水烟壶，被我叔叔放在一个废弃了的蜂窝里，铜锈很厚，绿色完全包裹了整个壶，看不出它的本色。那绿水烟壶就那么绿绿地在蜂窝里放了好长时间，因为是从坟里挖出来的，好多人都不敢去碰它，但放了好长时间后就不知道到哪里去了，至今想起来依然有种冷飕飕的感觉。

  我见得最多的是羊拐骨水烟锅，把一根羊拐骨两头锯齐了，一头装上指头蛋大小的烟锅，一头装上烟嘴，就是一根水烟锅了，和我后面要说到的旱烟锅相似，只是烟嘴和烟锅都比旱烟锅小而已。看着人们用羊拐骨抽烟，那呼噜呼噜的声音，我怎么听都感觉像是一只羊在疼痛地呻吟。随着卷烟的普及，水烟壶和羊拐骨水烟锅已经很少见了，偶尔在农民家里见到一件，也是作为古董留着，或者是老先人传下来的一个念想而已，而要见到更多的水烟壶或者羊拐骨水烟锅就只能到民俗博物馆去找了。

  以前在乡下的墙角处、场边上，常常可见几个老汉凑在一起抽着旱烟锅，嘴上叭叭地吸着，烟锅里的烟丝一闪一闪地亮着，烟就飘过苍老的脸庞，飘过头顶的白发，飘向乡村的天空了。有时候大家都在沉默，只是叭叭地抽烟，有时则有一句没一句地聊着，或许聊的内容根本就不在心里，只是聊聊而已。阳光飘过去了，人就回家了；或者风吹过来，有点冷了，就在鞋底上磕了烟锅，把烟袋缠在烟杆上，将烟锅别在腰带上，或插在领口处，或装在衣袋里，走人。

  有时，一个人就坐在门槛上对着脚下的土地抽着烟，或者坐在炕头上一边想着心事，或者什么也不想地抽着。地里忙上一阵，累了，就坐在地埂上抽锅烟，一锅烟抽完，乏也就解了，接着干活，仿佛那烟锅里装着力气一样；天冷了，就搓搓手，抽一锅烟，身上就暖和了，心里也暖和了；高兴了，抽一锅烟，表示心里的喜悦；心里麻烦了，也抽一锅烟，麻烦就跟着烟渐渐飘远了；熟人在一起，互相让着抽一锅烟，表达亲切；亲戚来家里了，让抽一锅烟，表示热情。有时，一个人把刚抽完的烟锅在地上磕磕，再装上一锅新的，用自己粗糙的大拇指揉揉烟嘴，擦擦烟嘴上的口水，双手递给另一个人，接烟的人也不嫌弃，拿了就咬在嘴角，用打火机点燃，或者划一根火柴点上，美滋滋地吸上一口，咽到肚子里，仿佛这一口烟一下子就穿过了五脏六腑，然后从鼻孔里忽地喷出来。

　　旱烟锅由四部分构成，前面是一个金属锅，多由铜制成，中间的一段大多为木制空心，多为竹子所做，烟杆有长有短，短的只有一拃长，长的也就一两尺，最长的则有一米左右，抽烟时点火都费劲，必须由别人帮着点，当然长烟杆一般只有年纪很长的老人才用，老人不高兴了就用烟杆去敲孙子或儿子的头，尤其是当烟锅烧得正烫的时候，敲到哪儿哪儿就被烙红一片，因此长烟锅有时就是一种权力和威严的象征。烟杆另一端的烟嘴多为玉质，也有玻璃的、瓷的，值钱的烟嘴在乡下和玉手镯一样珍贵。烟杆上还要吊一个烟荷包，也称烟口袋，是用来装烟末的。有的烟袋比较讲究，一般用丝绸做成，有巴掌那么大，袋面上刺绣着牡丹、荷花等；也有用羊皮等皮革做成的，还有用毛线手工织成的，最简单的一种是随意用一片布缝成的，谈不上讲究，只是能装烟末而已。烟袋一般是由老伴或女儿做的，烟袋吊在那里，晃悠着，像温暖的亲情。当然，有些年轻人的烟袋，则是由自己的相好做的，上面绣了鸳鸯戏水、孔雀戏牡丹等图案，于是，烟袋上就有了一些故事。

现在要在乡下找一把水烟壶、旱烟锅，已经是比较难的事了。

茶罐罐

一个茶罐罐,小孩拳头大的陶罐,村里人叫蛐蛐罐儿,但与蛐蛐无关,只与喝茶有关。

曾听村里的大人们教育孩子要好好念书时,总说这样一句话:"我的娃,好好念书,将来挣了钱给大(爹)称茶叶喝。"茶叶在我心里就一直很重要,因此,我工作后就用第一个月的工资称了两斤茶叶给我父亲。后来,每每要回乡下去,我准备的第一份礼物还是茶叶,而且还要称好几份,有给父母的,有给兄弟们的,有给叔叔婶婶的,还有给姑姑姑父的……无意识中,我似乎在告诉亲人们,我现在当了干部,我要好好给你们称茶叶喝。但有一次,我出差到了杭州,在龙井茶的

第三辑 乡村收藏

故乡称了一些龙井茶回来给父亲，父亲用熬罐罐茶的方法熬龙井茶喝，熬了一两次后说一点都不好喝，没有茶叶的苦味不说，还有一种菜水味，他后来干脆扔了，在我为那些龙井茶心疼的同时，也知道有些茶叶是不适合于熬罐罐喝的。熬罐罐喝的茶叶，以大叶的粗茶最好。

乡下的男人们原来大都有喝罐罐茶的习惯，仿佛不喝罐罐茶的男人就不像个男人，以至于我看到乡下的男人们那么黑，我不认为那是阳光晒的，或者风雨吹打的，我坚信那是酽酽的罐罐茶给浸的，茶把人从里到外给浸透了，浸成茶色了。当然，喝罐罐茶的人必须是成年男人，小男孩是不能喝茶的，小孩子过早地去熬罐罐茶就会被看成是惯得不像样子。

喝罐罐茶的男人，往往是天还没有亮就起来，磕磕碰碰地去生火熬茶了，火还没生起来，满屋子都是烟了，长年累月的烟就把一孔窑洞或者房子熏得黑洞洞的。如果是柴火烟还好，只是呛人罢了，有时候因为柴火不好找而用干牛粪，那烟就要让还睡在炕上的老婆孩子更难受了，他们只有用被子蒙住头才能顽强地坚持着多睡一会儿。喝茶的人喝完茶就要套上牲口去耕地了。天还没有完全亮，勤快的女人也要开始一天的辛苦了。

喝茶的人，坐在炕头上的炉子背后，把一个茶罐罐架在炉火上，里面放一把茶叶，倒了水。如果茶瘾小的人，看着茶叶被水冲上来了，就知道茶已经开了，把小陶罐端下来，把茶水倒在茶盅里，然后添上水再熬；如果是茶瘾大的，就用一根小木棍把被水冲上来的茶叶一下一下地压下去，让水一次一次地冲上来，这样茶叶熬得时间长，茶也就酽了。有时，喝茶人如果一走神，茶水就会溢出来，轰地一下把火浇熄了，烟和灰就一下子充满了屋子。这时，喝茶的人就赶紧拿开茶罐罐，弯下腰朝着火炉下的气口处用嘴吹火，噘着嘴，鼓足了气，一下，又一下地吹着，直到火又一次燃起来。而这时，灰土已慢慢落到了屋子的各处，也落到了人的头上、脸上、身上，茶盅里也蒙上了一层烟灰。

茶是不能空肚子喝的，必须有垫茶的，也就是必须有吃的，这吃的一般都是老婆先一天晚上烙好的馍馍，一边吃着，一边哧溜哧溜地喝着。当然，如果这家的日子好，老婆还可以在男人生火的时候，三下两下地烙上一张油馍馍热腾腾地端上来，甚至还打两个荷包蛋。

也有人早上不喝茶，起来先干活，干到中午才喝茶的，也有人在晚上喝茶。一般情况下一个人一天只喝一顿茶，只有个别人早上喝了，中午也喝。总之，喝惯了茶的人，一顿茶不喝，就感觉一天都没精神。因此，曾听说有一家人因为家境不好，称不起茶叶，男人只好熬了大黄叶子当茶喝。喝茶人是有茶瘾的。

乡下来了亲戚，人们就以茶招待，嘴上说着上炕上炕，主人已开始准备生炉子、端水、端馍馍了。不过，现在喝罐罐茶的大多是老年人，年轻人已觉得太费时间，不愿熬了，喝茶也就学着城里人，用一只杯子泡了茶叶喝。即使熬罐罐茶，也不再用土炉子了，而是用电炉子，时间快，又干净。那些年，我一回到乡下，父亲就手忙脚乱地给我生炉子，让我喝罐罐茶，其实这罐罐茶已经变了，小陶罐里熬的是茶叶，但茶盅里已放了冰糖、红枣、枸杞、葡萄干，很像"三炮台"，而不像以前茶盅里只有茶水。

有一次，我在县城南关的小摊上看见了一个喝茶的茶摊：一个铁皮小火炉，里面燃着石炭，火炉下的吹气口处安着一个手摇鼓风机，卖茶的人不紧不慢地摇着，火苗就像夏天的狗舌头，一吐一吐地闪着。炉子边上放了三四个小铁皮茶罐，谁想喝茶，就自带茶叶，自带垫茶的吃食，坐在那儿熬，时间不限，你想喝多长时间就喝多长时间，喝够了，从口袋里摸出五毛钱放在火炉旁边，抹抹嘴，心满意足地走了，好像这一阵浑身已攒足了力气。

望着那个喝足了罐罐茶的人，背影越走越远，渐渐地消失在人群中，我忽然感觉那背影就像一个巨大的茶罐罐。

书

我小学毕业的时候，就读过《毛泽东选集》。我在帮母亲推磨时，边走边看，有时磨子空了，居然不知道；在山坡上放驴时，也拿着看，有时驴跑到庄稼地里偷吃粮食了，我也不知道，因此常被远远地看见了的大人隔着山沟吆喝着骂上一通才如梦初醒。其实，对于一个孩子来说，还根本读不懂《毛泽东选集》，但《毛泽东选集》中的一些文章后面有注释，这些注释大多是讲打仗的事，我为此而感兴趣，也因此被大人们看成是一个爱读书的孩子，甚至刚上初中时就被公社评为"学习积极分子"，奖励了一个红色的塑料皮笔记本和一支钢笔，那笔记本好长时间我都舍不得用，直到后来觉得有很重要的东西可以写上去时，一动笔才发现那纸是洇的，笔一落上去，只一点墨水就可以洇成指头蛋一样大的一坨。那时的纸大多质量不好。

现在一想，那天我在公社上台领奖时，迎着台下的乡亲们和同学们下大雨般的掌声，脸涨得通红，如果再红一点，肯定和那本笔记本的红封面是一个颜色。

那时，我还见过一种书，那就是连环画，连环画里的杨子荣、李玉和、郭建光等英雄人物的姿势，我在学校里反复模仿过。我向同学借来连环画，小心地揣在怀里，看了一遍又一遍，直到人家逼着要，这才恋恋不舍地还给人家；心想：自己要是有一本那该多好啊，就可以和同学换着看了，然而我没有，当然，大多数同学都没有。

有一次，我见到了一本当时让我心里感觉很怪的书，书的封面没有了，书角都已卷了，纸已发黄，那是我的叔叔在当放羊员时偷偷看的一本书，我从他的枕头下发现这本书时，心跳得很厉害，怕叔叔知道了不高兴，因为叔叔说过这是孩子不能看的书，但我看了，因好多字不认识，只看了里面的插图，都是舞枪弄棒的古代人，动作很夸张。好些日子过去了，那些图画还在我脑子里晃悠，其实，我现在才知道那不过是一本有插图的《水浒传》，叔叔之所以不让我看是因为怕我给他弄得更破烂了，不好给人家还而已。当然，叔叔根本不会知道他这个侄儿将来会走上文学的道路，也根本不知道怎样对一个孩子进行文学启蒙，要不，他怎么会说那是一本孩子不能看的书呢？

第一次去县城，我看见了偌大一个商店是专门卖书的，其中有那么多漂亮的小人书。于是我趴在柜台外伸长了脖子看那些书的封面，腼腆得不敢向那位穿得干干净净守着书的年轻女人要过来仔细看看。当时卖书的商店冷清极了，偶有三三两两的人进来，也只是转悠一下就走了。我从柜台这头看到柜台那头，又从柜台那头看到柜台这头。后来，我看到一本叫作《看不见的战线》的小人书，封面上是个好看的男人，神情专注而冷峻，那个姿势极大地吸引了一个孩子的心。看着看着，我伸手捏住了上衣口袋里那唯一的一枚五分硬币，然后就壮了胆子问那卖书的女人："那本书多少钱？"那女人用好像舍不得卖的表情，斜视着那个穿着破烂的乡下少年说："七分钱。"我的心就猛地一下子凉了，好像听见口袋里的那枚硬币忽然发出了凄惨的哀鸣。对一本书的渴望和卖书女人的冷漠，极大地伤害了一颗十分稚嫩的心……

　　多年后，我有了一份工资，从那时起，我就可以堂堂正正地走进新华书店，把自己喜欢的书抱进简陋的家。有一天，我在城里的地摊上看到了连环画《看不见的战线》，立马就捧到手上，当然不是当年我看见的那本，而是新出版的。虽然书价已不是几分钱了，但我毫不犹豫地买了，即使再贵几十倍我也会买。这本小人书是我藏书中很珍贵的一本。

灯　盏

　　孩子们学校里用过的墨水瓶，里面的墨水原本是蓝黑色的或黑色的，但大都用来写了"色彩斑斓"的语言和文字，而且一遍又一遍，老师说熟能生巧，老师还说眼过千遍不如手过一遍，直到手过了好多遍了，熟得不能再熟悉了，根本不需要再写了，墨水也就一点点地没有了，就像孩子们懵懂的年华，一点点地失去了。当然，一个时代也就在这种书写中慢慢过去了，一代人在这样的学习中慢慢长大了。

　　墨水瓶空了，一个又一个。空了的墨水瓶用来做煤油灯，一盏又一盏。把墨水换成煤油，墨水不能照亮的黑夜，就用煤油灯照。

灯芯是用一小片白铁皮做的，卷成一个小小的细筒，里面穿上用棉花搓的捻子，插在墨水瓶盖中，盖在墨水瓶上，棉花捻子就能吸到煤油，擦一根火柴就可以将灯芯点亮了。

再说那白铁皮，原是从收音机用过的旧电池上揭下来的。电池里面的墨棒被孩子拿到学校的教室门前地上写生字，铁皮就做了灯芯。那时，除了收音机用电池，手电筒也用电池。记得当时村里演革命样板戏《红灯记》时，李玉和手中高举的红灯就是在手电筒上蒙了一片红布改装的。

如豆的灯光，说的就是煤油灯，当然豆也有大小，大的是蚕豆，小的是扁豆。蚕豆样的灯光可以照亮一孔窑洞，而扁豆大的灯光就只能照到一面锅台，或者一张炕桌。虽说是高灯低亮，但为了节约灯油，太暗的灯光下低处也不亮。

煤油灯是由原来的羊油灯、清油灯演变而来的，煤油灯的样式很多，最好的是商店里出售的那种酒瓶一样大，上面有玻璃灯罩，还能调灯光亮度的那种，最简单的就是墨水瓶做的。

乡村的记忆里，一盏盏昏暗的煤油灯在厚重的夜色中摇曳着，在纸糊的窗户上照出人的剪影……

至于电灯泡，那是很久以后的事了。

通电的那天晚上，乡村中学的全体师生都安静地坐在教室里，谁都不说话，怕一说话耽误了通电亮灯的那一重要历史时刻。大家都在心里一遍遍祈祷，千万别改变通电的时间，要不这个晚上就会让人沮丧。好多年了，好不容易看着村里拉了电线杆，又架好了电线，直到各个屋里都拉上线挂上灯泡了，通电的日子却一拖再拖。一天晚上8点，全村通电了，唰地一下，学校亮了，村子亮了，平常夜里看不见的路啊树啊都亮了起来，甚至连夜里模模糊糊的山坡也平展展地亮着，同时还有学校里忽然响起的掌声和欢呼声，当然还有兴奋的脸庞和按捺不住的感叹声。乡村的电灯真亮。

第二天，就有了不少关于电的笑话，说一个老大爷瞅着亮着的电灯泡看了半天，然后把旱烟锅凑了过去，但试了几次还是没有点着烟，老大爷得出结论：电灯好是好，但就是不能点烟。因此，这位老大爷亮着电灯，也点着灯盏，他说要美美地亮个够。

好亮好亮的电灯，亮得有时让人觉得村里将从此不再有秘密。通电的这一年，有的人家就有了录音机，可着院子地吼着秦腔，谁家的录音机响了，全村的人都听得清楚。只是老人们爱听秦腔，年轻人爱听流行歌曲，因此，录音机刚刚放了一段秦腔，又放了一段流行歌曲，流行歌曲刚放了两首，又换成了秦腔……

如果说煤油灯已成为遥远的星光，那一个电灯泡就是村里的一个月亮。

锅

原来一家人只有一口锅，就是安在灶台里烧水做饭的铁锅。后来，一家人却有三口锅，一口安在灶台里，还是用来炒菜做饭。看看锅里做什么，就可知道一家人生活水平的高低了。第二口锅支在院子中间，水泥做的底，玻璃做的面，比灶台上那锅大得多，锅口上用钢筋条支了架子，架子上是水壶，只要是有太阳的日子，就能烧开水，利用的是太阳能，这锅叫太阳灶。有了太阳灶就可以节约好多好多柴火，也可以节约好多好多时间，比如你从地里干活回来，一边在案板上洗菜和面，一边将水壶放在太阳灶上，如果是在夏天，可能面还没有擀好，水已经开了，开水倒进锅里就可以煮面条了。那日出或者日落时的太阳像不像一只红彤彤的灶口呢？太阳是用不完的柴火，这口锅装的是阳光。

第三口锅，叫电视锅，和太阳灶大小差不多，只是用铁皮做的，它的用处是把卫星上的电视信号接收下来再传输给屋里电视机上的传输器，转换到电视机里，这样就可以清晰地看到几十套电视节目了。电视锅落户农家，缩小了农村与城市的距离，更缩小了中国农村与世界的距离。在没有电视锅之前，最早在村里买了电视机的人家，就在屋顶或院墙上竖一根高杆子，上面是亮铮铮的电视天线，一家人扛着那个天线，立到这里试试，再插到那儿看看，最终试到一个信号比较清晰的方位才固定下来，有时刚把天线弄好，结果被一场大风吹偏了，便又得重新弄。过年时，村里人为了能看到比较清晰的中央电视台的"春节联欢晚会"，就提前把电视天线弄好，大人守在屋里的电视机前一边看着电视画面从"雪花"中一闪一闪地出现，一边给外边举着天线的孩子喊着："有了，有了，又没有了。"或者说："低一点，高一点，往左一点，再往右一点。"外面的人冻得脸色青紫，双手麻木地根据屋里的"信号"忽上忽下，忽左忽右。当忽然听到说"好了好了，清晰得很"的时候，在厨房里忙着的女

第三辑 乡村收藏

人们就按捺不住好奇，举着两只沾满面的手跑到电视机前瞅上一眼，再赶紧回去忙厨房里的活了。他们不知道这样艰难调试过程，已是在与天上的信息对接。这口锅装的是信号。

有电视看了，村里就跟以前不一样了。晚上看了电视，第二天大家在田间地头见了面，就说起昨晚看的电视剧内容，或者是新闻里播的消息。虽然有时他们的理解不一定正确，甚至会闹出笑话，但毕竟他们看到的美国总统和城里人看到的美国总统是一个人，他们看到的北京天安门和世界各地的人看到的天安门是一样的。

起初，一家老老少少在一起看电视，看到电视上年轻人谈恋爱的镜头，儿媳妇往往就会借故出去一阵，然后回来接着看，因为在公公婆婆面前看这些镜头，感觉很不好意思；或者公公每每看到这样的镜头就装着磕烟锅或者打瞌睡，反正要给晚辈们一个自己没有看到的样子，待那样的镜头过去了，他们就像根本没有见过那样的镜头一样，接着往下看。再之后，儿子出去打工了，或者孙子大学毕业有工作了，或者粮食卖了好价钱，总之有钱了，就把大电视留给公公婆婆看，儿子儿媳再买台小一点的，在自己屋子里看，虽然几代人可能看的是同一个频道的节目，但没有谁再感到难为情。

现在，电视机已不是什么稀奇的东西了，网络已覆盖了乡村，手机、电脑都普及了，电视锅自然就不用了，只摆在墙角处晒着太阳。

第三辑 乡村收藏

锁　子

　　乡下的锁子主要是用来锁门的，但问题是锁子很结实，而门常常不牢靠，比如一把铁锁锁着的是一扇常年被风吹日晒加上雨淋虫蛀而几乎朽了的柳木门，或者只是用向日葵秆子绑成的篱笆门，或者是用几根木棍钉成一排的简易门……当然，这都是多少年前乡下的门了。

　　门虽简陋，但锁还是要的，当然这锁常常只是个形式。有时门虽锁着，钥匙却放在门框上面，或者离门不远处的一个地方，放学回家的孩子就摸了那钥匙开门进去，家里人谁提前回来了也不至于被挡在门外。家家的门几乎都是这样锁着的，但从来没有听说谁去摸了别人家钥匙的。以至于有的人家干脆把锁子挂在门上，而不上锁，让人看着门是锁着的，但如果伸手去拧一把，那锁子肯定是开着的。虽说家家都这样，但家家的门都很安全。甚至有的人家连锁子都没有，只在门关子上拴一根小铁丝，或者插一根小木棍，这就是告诉别人这时候家里没有人，人都忙活去了，要说什么或者要借什么可以等到家里人回来再说，当然别人也明白这个意思，看到门关上插着的小木棍也就知道这时不能进去。

锁子简单到了这种程度，其实也就回归到了锁子的本意。不是说"锁子只锁君子，不锁小人"吗？所以那锁子哪怕只是一根小木棍，只要表明锁子的意义就足够了，锁或许只是一种标志，一种象征，要不，还真能把什么锁住吗？

门上的锁子至今还用着，只是如今乡下的门比先前阔气多了，双扇门油漆得光彩耀眼，有些人家装的门甚至都比得上过去的高门大户了。有的人家还安上了铁皮门，或者铁条门，但锁子的方式还是和过去一样。当然也有很扎实地锁着的门，村里人经过这样的门时总感觉有些生分和见外。

乡村镜头

1

秋高了,玉米也高了。高了的,还有这些爬到树枝上去的孩子,和一个村子的目光。此刻的镜头里,是一个农民心头那个高兴的高。

2

锣鼓一响,人们的眼睛就亮了。土得掉渣渣的庄稼人,摇身一变,就才子佳人、帝王将相了。阳光里,或者月光下，站在戏台下的人们，也就被撕天吼地的秦腔，吼得秦时明月汉时关了。

3

本来镜头还可以往前推的，但实在推不动了，是因为这群漫道而过的羊，这些高天远地的歌手堵在了镜头前。

4

一笔苍茫，又一笔苍茫，第三笔还是苍茫。在这苍茫的山峦间，如果此刻有一缕风从远古吹来，能不能吹凉这一轮夕阳？

5

雪飘起来就像雾，雾凝固了就如雪。如果雪和雾都落在这一朵雏菊上，那就是一首诗。此刻谁一开口，雾就会散去。

6

天冷了，就想想暖和的事，比如往事里温暖的细节。看这张照片上，一个穿红衣服的女孩，她正把一群白雪，赶向炊烟升起的村庄。

7

秋天是个检阅的季节，一切都得拿出来让老天看看，有的还得高高扬起来，让风好好吹吹。麦场上，扬起一团彩云，再扬起一团彩云，从风中落到地上的，都闪着良心一样的光。

8

北风猛吹，黄土像一本大书，一页页翻过。一个人抬起头来，数了数树上的叶子，比昨天又少了许多。

9

麦黄六月，众神凝视，麦子在上。浪子回家，双膝跪地。

忽然，麦浪涌来，麦穗打在脸上，每个人都说出自己的姓氏。

麦黄六月，我拍下麦子逆光的背影。

第三辑 乡村收藏

风起故乡

故乡的风,吹着场院里的草垛,就像吹着故乡的陈年旧事;吹着屋顶上的冰草,就像吹着一个人隐隐的渴望;吹着起伏的田野和庄稼,吹着走动的人和牛羊,以及飞鸟,有时却只吹着无边的天空。

故乡的风,有时像爱,有时像恨,更多的时候,风只是风,像故乡的日子,只吹些鸡毛蒜皮和土渣渣。

故乡的人最喜欢风调雨顺的风、风和日丽的风;他们最看不起的是风言风语的风、吹阴风点鬼火的风。故乡人是能在风风雨雨中把平常的日子过到底的人。

冷的时候,故乡人迎着寒流,他们说一根毛线也能挡风；热的时候，他们说小草一动就会感到凉意；冬天太长了，期盼春风的吹拂；干旱的季节，等待着风吹来一朵带雨的云；阴雨连绵了，很想一场大风吹走头顶的黑云……

风一直吹着，故乡的人有时敞开了胸怀，让风一直吹进心里；有时把后背给风，那背过石头也背过粮食，能背起一个人一生的宽厚的脊背，就会背起一场风雪。

那本叫《诗经》的书里，其中的一部分就是"风"，风把一本书吹得哗啦啦响了几千年。故乡的风，吹过了村子里的一切，就把自己吹成故乡的一部分。我们有时候把从乡下听来的消息叫山风。所谓民风，是不是与长年吹着故乡的那种风有关呢？

感恩乡土

以前乡村母亲分娩,就会提一筐干净的黄土倒在炕上,把孩子生在土里,于是孩子第一次接触的便是那温热的黄土,然后在土炕上学习滚爬,在土炕下蹒跚学步,在土地上学会种庄稼和经历风雨。

乡村人如果一不小心被树枝划伤了胳膊,或者锄地时锄破了脚趾,或者被镰刀割破了手指,就抓一把黄土把伤口捂住,血止了,疼也止了,过些日子伤口就会结痂。有时孩子流鼻血了,找一块小土块塞上,血就不流了。黄土的确有这种神奇的功效。

夏秋时节,山坡沟岔里流出的山水总是浑浊不堪,为了让流进窖里的水变清，乡村人就会端两铁锨干净的黄土倒进窖里，第二天窖里的水就会由浑浊变成灰白，再过几日水就会变得清澈。

乡村人做了游子，随身总要带一包故乡的土，水土不服时，就撮一点土搅在水里喝了。据说这方法很管用。

乡村人去世了，就埋到他耕种了一辈子的土地里，像一粒种子，生长成一棵怀念的树。

土地在我们脚下，默默地生长着该生长的事物，埋藏着该埋藏的一切。我注意到人们叩头的动作，总是把头深深地低下，甚至额头触地，土地就能感到一颗头颅的温度和深情。

草　说

旧时老百姓自称草民,表示像野草一样卑微地生活在山野乡村的人。碧草连天,会让人想起茫茫尘世。

草被称为小草,却有大包容,大温暖。我们把一种屋子叫"草屋",诗人杜甫就住过这样的草屋,也叫草堂,或者茅屋。有个"三顾茅庐"的典故,诸葛亮的那个"茅庐",也就是草屋。

草被我们穿在脚上,叫草鞋;草被我们顶在头上,叫草帽;"草"被我们写在纸上时,就有一种书法叫草书,而所谓狂草,那一定是狂风吹乱了野草。

我经常看见城里人背着手在草坪边散步,就觉得他们很像一位背着手牵着毛驴的老农，当然，说不定他原本就是一位进了城的农民。

　　草是乡村生命的一部分。如果每一个人都学会像小草一样生存，这世界就不会缺少"绿色"。做不了参天大树的人，做一株小草也很好。

小老树

在故乡的山坡路边地埂上,有一些被称作小老树的树,它们还没有长大就已经苍老了,在风起云涌的天空下弯曲地站着。风雪从北边刮来,它们就朝南边弯腰;风雨从南边扑来,它们就向北边低头。谁如果背靠它们坐着,就会感到一只粗糙的手掌在人的背上抚摸着。

老家的树,主要有柳树、杨树、榆树、杏树等屈指可数的几种,就像村里的几户大姓,我都熟悉。我相信地里的庄稼肯定是以树为榜样才一茬又一茬生生不息的。那里的人们也一定是以树为榜样,才深深地扎根在土里。

这些树在不知不觉中生长着,长成什么样都行。没有人给它们剪枝、浇水，甚至连想都没有想过，树也从来不奢望人给它们做点什么。树自己就可以活着。

一棵树老了的时候，和一位饱经沧桑的老人几乎没有两样。它们在乡村的用处，就是做一棵树。

有时候我想，如果把一棵干山枯岭上的小老树种在雨水充沛的地方，它可能就是参天大树，只是树种在哪里，树说了不算。

在我老家的大门前，有一棵和我年龄差不多的柳树，它不是小老树，而是老老树，几十年来，任风来雨去，都不移一步，每次见它，我都会想起顶天立地这个词。

我曾把自己比作一棵树，几经挪动，被移进了城里，但我从不知道我是一棵什么树。

四季的云

我曾仰躺在老家的山坡上，久久地凝望着高原的天空，明亮的阳光里，缓缓飘动的云，莫名地让我感动。早上，当一片云在天空上移动，阳光就在云的边沿镀上镔铁样的光亮，并从那里射出一道道光柱，投在起伏的田野上，乡村人说那是太阳在吊水，那时我相信，地上的水就是这样回到天上的。

如今，我有时会从城里跑到乡下，去安静地看一会儿云，虽然那云并不能告诉我什么，但看着看着，并长长地吁上一口气时，我就会感到有一种东西荡气回肠，仿佛心中的块垒随着那口长吁已经吐出，而吸入肺腑的全都是大地的清新。

每一个乡村人都有过仰望云的经历，甚至一辈子都在看着云的变化而早出晚归。

在庄稼人的眼里，春天的云不是从远处飘来的，而是从地里升腾起来的，就像在土地中蕴藏了一冬的梦想和渴望，带着潮气，如烟，如幻，轻轻升腾到山头上。人们脱下棉衣，擦一把额头上的汗，看那云时，总感觉云里带着春天的雨丝。

夏天的云，是从很远很远的山背后涌上来的，翻滚着、奔腾着，往往在面朝黄土背朝天的人们不经意时，来到了人们的头顶。云中带着电闪雷鸣和狂风暴雨。瓢泼大雨中，人们能听见庄稼拔节和花朵绽放的声音，能听见土地咕咕喝水的声音。

到了秋天，天高云淡，而那淡淡的白云，正好从让人有几分伤感的蓝中映衬出来，有时像春天时地埂下淡淡的残雪。

秋天渐深，云也就渐渐地由淡变重，由白变成灰白，像草木灰的那种白，像炊烟那样缥缈。当风开始凛冽，如凝重的冰块一样的冬云就开始覆盖乡村的天空了。即使晴空万里，人们依然觉得那云还在。

云卷云舒的天空下，乡村变幻着四季。

山里的路

我在县城上中学的那两年，几乎每周都要回家背一回干粮，蜿蜒在县城和家之间的那条山路上，留下了一个农民儿子青春的脚印。

那是一条草绳一样的细路。走在这条路上的人，大都相互认识，不是一个村里的，就是邻近村里的，三五成群，说说笑笑一起走。渐渐走累了，就没话了，各走各的路，各想各的心事。我经常走在他们中间。

后来，村里有了第一辆自行车，擦得明明亮亮，车铃响得清脆悦耳，上坡时，人撅了屁股推得汗流浃背，下坡时却一溜烟飞驰而过。后来，有了摩托车，轰的一声冲进村子，轰的一声又从村里冲出。但我是步行者。

再后来，村里有了拖拉机，村里的男女老幼都喜欢坐着它，颠颠簸簸地去县城，车上放着几袋各自的粮食，怀里抱着各自的鸡，臂弯上的篮子里是各自的鸡蛋。回来时，车上是各自的油盐酱醋，或者新的农具。拖拉机，我坐过。

再后来，那条路就完全变成了一条车路，自行车、摩托车、拖拉机、汽车都可以在上面走，尤其是有了小汽车，按一声喇叭，全村人就都听见了。但我每次回家，都没有按过喇叭，父母早已在门口等着。

最难走的是雪天的路，人从路上滑出去，然后又爬着回到路上。当然，如果在雪路上开车，惊险是少不了的，有那么几次，让我至今心有余悸。

最容易让人浮想联翩的是走夜路。看不见路的夜里，即使你还没有看见灯光，但你一定能感觉到灯光的召唤。作为一个乡村人，谁还没有摸黑走过几遭山路？有时，一个人走在山路上大声歌唱，我感觉那歌声就是一种光芒。

走在山路上的人，或许被坎坎坷坷绊倒过，但从来没有人放弃过行走。对我来说，过去走在这条路上，是为了出发和团聚；如今走在这条路上，却是为了怀念。好在这条路从来不设卡，沿着这条路走到底，就会找到老家。

第四辑

乡村人家

第四辑 乡村人家

仰望大槐树

在中国，没有任何一棵树比山西的大槐树更有名。好多人一说起大槐树，都说是大槐树的后人。北方许多省区就流传着这样一首民谣："问我祖先在何处？山西洪洞大槐树。祖先故居叫什么？大槐树下老鸹窝。"今北京、河北、山东、河南、安徽，以及大西北的陕西、甘肃、青海、宁夏等广大地域，有很多人都说，祖上是明朝时从洪洞大槐树底下迁来的。那是一棵好大的大槐树，多少年了，就这样一直远远地站在我们的身后。有人说："山西有棵大槐树，把天摩得咯吱吱。"也有人说："山西有棵大槐树，半截戳在天里头。"总之，它的树荫笼罩了那么多人的头顶。

山西的那棵大槐树，据说长在一座名叫广济寺的寺门口，或者寺院里，反正这是一棵属于寺院的树。当时，朝廷派出的移民登记机构就设在广济寺里。

我曾听一位搞园艺的朋友说，树是有感情的，树也是有血型的。

槐树分国槐和洋槐两种。洋槐是来自国外的树种，因其有与国槐一样的优秀品质，在国槐的土地上扎下根去，像国槐的一个好兄弟，不管是在乡村的庄前屋后，还是在城市的大街小巷，但凡能看到国槐的地方，常常也能看到洋槐。

有一次，我在甘肃崇信县关河村见到了一棵超大的槐树，号称"古槐王"，据说已有3200岁了，是全国树龄最高的树。树高26米，树干10人难以环抱，树冠垂直投影面积2.1亩。因为它的枝干太多，所以树上寄生着多种植物。

关于这棵大槐树的传说很多，当然仅仅是传说。那天，在朋友的陪同下，我们在树的周围走了走，我看见树杈间有一个洞，仿佛一只眼睛在一直看着我。

槐树是一种优秀的树，比起我上学时在课本里读到的茅盾先生《白杨礼赞》中的白杨树、陶铸先生《松树的风格》中的松树都绝不逊色。槐树耐寒，喜阳光；深根，对土壤要求不高，不怕瘠薄，石灰及轻度盐碱地上也能正常生长；耐烟尘，能适应城市街道环境；寿命长，耐烟毒能力强。应该说，从大槐树下远走他乡的那些人，每个人的血液里都带着这样的品质。

至于明初那场与大槐树有关的移民，现在只能从历史典籍和民间传说中去寻找了。

据史料记载：明洪武元年，战乱初定，山河破碎，朱元璋和他的大臣们有过这样的交流——

朱元璋说："今丧乱之后，中原草莽，人民稀少"，"中原诸州，元季战争受祸最惨，积骸成丘，居民鲜少，所谓田野辟、户口增，此正中原今日之急务"。

督都府左断事高巍奏称："臣观河南、山东、北平数千里沃壤之士，自兵燹以来，尽化为蓁莽之墟，土著之民，流离军伍，百不存一，地广民稀，开辟之无方。"

户部郎中刘九皋献策："……山西之民，自入国朝，生齿日繁，宜令分丁徙居宽闲之地，开种田亩。"

……

大槐树下的大移民就这样开始了。

大迁徙中，移民双手被绑，在官兵的押送下上路，凡大小便，均要向解差报告："老爷，请解开手，我要小便。"长途跋涉，大小便次数多了，口干舌燥的移民，便将这种口头请求趋于简化，只要说声"老爷，解手"，彼此便心照不宣。于是，"解手"便成了大小便的同义语。

传说官兵包围百姓后，怕人逃跑，将每人的小脚趾砍上一刀，以做识记。后来，移民后代脚的小指甲便成了复甲。这种传说虽于科学解释不通，但可从传说中想见当年大迁徙中老百姓的惨烈。

在河西走廊一带，有一种说法，大意是那些喜欢背着手走路，踏一条直线行进的，大都是汉人移民的后代；而走路晃肩摆胯"占地方"的，身上可能有马背民族的血脉。

据我一位去世多年的堂爷爷讲，我的祖上最早也是从大槐树下迁来的，他说，老牛家的历史上曾流传过这样一首《锅片歌》："上有边，下有尖，六寸长，八寸宽，重量一斤三钱三。"这首歌和一个叫"打锅牛"的传说有关。

传说我们牛家十八弟兄和三晋父老被官府骗到大槐树下集合后，情急之中，牛家弟兄找来一口铁锅，将其打成18片，兄弟们各持一片。随即，他们带着家眷，怀揣锅片，洒泪作别，各自漂泊而去。

那么,我们家的那半片锅呢?我从来没有见过,我的父亲也没有见过,连我的爷爷也没有见过。当然,即使留到现在恐也一定被时光锈蚀成一片铁红了,不见也罢。

后来听说关于"打锅牛"的传说有多个版本。也有人说,我们老牛家最早是从河南迁移而来的。是从大槐树下到了河南再到了甘肃,还是原本就在河南,之后到了甘肃呢?需要考证。

费孝通在《乡土中国》中写道:"向泥土讨生活的人是不能老是移动的。在一个地方出生的就在这地方生长下去,一直到死。极端的乡土社会是老子所理想的社会,'鸡犬相闻,老死不相往来'。不但个人不常抛井离乡,而且每个人住的地方常是他的父母之邦。'生于斯,死于斯'的结果必是世代的黏着。这种极端的乡土社会固然不常实现,但是我们的确有历世不移的企图,不然为什么死在外边的人,一定要把棺材运回故乡,葬在祖茔上呢?一生取给于这块泥土,死了,骨肉还得回入这块泥土。"

但人们有时候不得不移动,而且在移动的过程中还总结出了一条经验,就是"树挪死,人挪活"。一般来说,人口的流动有这样几种原因:自然灾害造成的流动、战乱造成的流离失所、官府有计划的移民、民间小范围的移民等。因而，我们翻开历史，就会发现历史上朝朝代代都有着大的移民活动。

据邓慧君所著《甘肃近代社会史》，仅民国以来，甘肃有影响的民间人口迁移有两次。第一次是民国十八年（1929年）甘肃发生了范围比较广的自然灾害，灾情严重的地方居民流离失所，造成人口频繁流动；第二次是国民军西进导致"河湟事变"，凡战乱所及，民不聊生，逃离家园，流落他乡，以临洮、陇西、漳县、岷县、洮州、永登以及青海的湟源地区人口迁徙最为突出。局部地区的匪患也造成了人口的流失，比如漳县大镇三岔，据王树民的《陇游日记》："计男女老幼共死约三千人，全镇为墟，居民绝迹，今住户十之八九为自它处迁来者。"

现在，居住在杏儿岔的人，除了牛家，还有张家、郭家、吴家、王家、马家、赵家、杨家、蔡家，以前还有曹家、雷家、谢家，他们的老家在哪里？大多说是来自大槐树下。

外来户

作为杏儿岔的外来户，据我父亲说，我们家是从邻近的通渭县迁来的，是从我太爷辈上，也就是他的爷爷辈上迁来的。他小时候看到我太爷的小腿上有一个疤，我太爷告诉他说，是在来会宁的路上被土匪拷的。土匪为了从我太爷身上拷出钱来，把我太爷小腿上的一截骨头都打断了。拷出来钱了吗？我太爷说，他从通渭出来时手里只挂着一根柳棍，哪有什么钱呢？

跟村里的好多人家一样，祖先的历史只能是口头历史，而且一般上溯到太爷辈以前就无从知晓了。相传我的祖太爷在通渭，去世时很年轻，我的四个太爷由他们的堂叔拉扯大。我的太爷从通渭出发时，是弟兄四个，我的大太爷挑着一副担子，一只筐里是我的三太爷，另一只筐里是我的四太爷，二太爷拄着一根柳棍，跟在大太爷身后。二太爷就是我的亲太爷。但后来又听说，同行的还有三个太姑奶奶。

蓬头垢面的太爷们，或者太爷太姑奶奶们，一路跌跌撞撞到了会宁，在一个叫杏儿岔的地方停下脚步不走了，也许是走不动了，也许是看中了这里宽广的土地。刚到岔里，没房没舍，便找到一个避风躲雨的地方住下；没吃没喝，就东家要一碗，西家讨一碗；没有地，就租了山背后曹家的十几亩地来种，也开了杨家的几亩荒地。接着，挖了几孔窑，窑里盘上炕，垒起了锅灶。

那时候的土地，全被大户人家占了。据说大户人家吆着牲口，沿山犁上一圈，山上的土地就算是他家的了。没有立锥之地的我的太爷爷们却在别人的地盘上扎下了根。

民国十八年，是个罕见的大旱年景，但是牛家发家的一年。这一年的杏儿岔只下过一场雨，正好是种谷子的时节，好多人家都没有谷种，而牛家似乎早有预见似的，提前一年准备了足够的黑谷种子，雨后全家动员，把能种的地都种上了黑谷子，秋后获得了大丰收。这些黑谷子不仅养活了牛家一家老小，还借给一些没粮吃的人家。当时岔里的雷家就是借了牛家的黑谷子，后来因为还不上，就将雷家湾的地顶债给了牛家，而且还将一盘石磨也顶上了。

从此，老牛家的日子一年比一年好。后来，因为我的一个姑奶奶嫁给了曹家，曹家就送了几十亩地作为聘礼。土地多，就是大户人家，就有了长工，有了账房先生。据说当年我们家的账房先生姓曹，大家都叫他曹先生。

接着说通渭。我查过资料，通渭有个著名的人物叫牛树梅，是道光年间的进士，官至四川按察使，《清史稿》中对他大加颂扬，民间称其为"牛青天"，通渭至今流传着许多有关他的传说。

2011年9月，我去通渭采访，县上来陪同我的两个人居然都姓牛，一个是县文化局的牛局长，一个是县文明办的牛主任。见面一介绍，三头"牛"遇到了一起，我就称他们是"本家"。但他们说他们不是一个"牛"，问我是哪一个"牛"，我茫然。牛主任说，通渭有几个牛家，人口最多的是牛树梅家族和"铁柜牛"家族。

牛主任陪我下乡，我们去了鸡川镇。在颠簸的车上，牛主任给我讲"铁柜牛"的来历，还指给我看对面的一座堡子，说那里发生过激烈的战斗。那时，堡子前面的山坡上满是茂密的秋草，和士兵一样排列的玉米，在我的想象中，如果那时谁喊上一声冲啊，那些像士兵的玉米就可能会蜂拥着冲向堡子，然后又都落花流水般败下阵来，因为那堡子太坚固了。

再往左看。牛主任指着另一座浑圆的山头说，听过"一条腿"的传说吗？那里是"一条腿"的坟，里面埋着牛家祖先的一条腿。至今，还有外地的牛家后人清明时节会来到这座山上去上坟扫墓。这些外地人都是哪里的？牛主任说不知道，那些人也不和当地人打交道，只是开着车来，上了坟，又开着车走了。当地人也没有谁问过。

那么，"一条腿"是怎样一个传说？"铁柜牛"和"一条腿"又是什么关系？牛树梅的祖上与"铁柜牛"和"一条腿"有没有瓜葛？年轻的牛主任也说不清楚。

2003年冬天，我又去通渭鸡川镇牛坡村转了转，参观了"牛坡村树梅纪念馆"。后来，我从通渭县的文史资料中看到了有关铁柜堡的介绍——

铁柜堡位于通渭县鸡川镇金城村境内的河谷地带，基础地势相对较高，呈正圆形，内外高差较大，视野开阔。安逸河自西向东，将铁柜堡半包围，形成天然护城河。堡设东、西二门，丝绸古道穿行其中。由于该堡地处喉关，易守难攻，数遭兵燹而完好无损，固若金汤，所以历来被人们称为"铁柜"，又称为"金城"，是县内唯一一座略无历史伤痛的"平安堡"。

铁柜堡筑造的起始年代不可确考，就其筑造形式来看，与鸡川寨相当，且距离较近，成辅助之势，故疑为北宋时期筑造。但是，从目前所能见到的资料来看，该堡与官厅牵连甚疏，为民间所有，因此又疑为北宋以后所筑。明代中晚期，"铁柜堡"已闻名遐迩。

铁柜堡占地20余亩，住户最多时达40余户，姓氏成分相对复杂，有"铁柜十三姓"之说，这十三姓是：苟、邓、梁、王、段、胡、许、牛、朱、任、马、何、陈。由于历代堡总治理有方，堡内各姓各家都和谐相处，精诚团结，群众生活井然有序，数百年如一日。堡总一直在大户人家产生，要求具备一定的武术功底，为人正派，办事果敢。堡东、西二门之管由陈姓人家世袭掌控，其内在缘由，后世不得而知。

铁柜堡承担铁柜、何家那坡、上店子三个自然村近200户人家的安全防御工作，由于在鸡川寨与牛家坡堡的中心，消息通畅快捷。灾患即到时，堡上鸣锣报警，人们迅速奔投。堡内各家遵循旧制，都有接待堡外村民和过往客商的责任和义务。灾患期间，堡内人们吃住无忧，秩序平稳正常。堡上防御事务由各家壮丁承担，攻守之事，悉听指挥。灾患过后，人们各归其家，一如平常。这种长期有效的防御形式，不仅极大便利了人们的生产生活，而且使得投奔的人家相互建立了深厚的感情，他们极尽礼数。

拥有"地利"和"人和"两大优势的铁柜堡，自然在灾患到来时，防御效果殊不可比。明崇祯年间，李自成崛起草泽，逐鹿群雄，势力急剧发展，一时间形势大振。崇祯七年（1634年），兵败入甘，虽然疲兵作战，但仍陷崇信、平凉、泾州、巩昌、临洮等处。秋季，起义军进入鸡川，得知铁柜堡民勤物阜，计谋趁黑夜偷袭，但当他们到达堡下时，只见铁柜拔地高起，堡墙上"灯火荧荧，人民整齐"，才知道堡内早得消息，防备甚紧，便放弃攻打，向西去了。同治二年（1863年）十月，来自张家川的一支武装进入通渭，进攻铁柜堡，未果而去。次年五月下旬，来自陕西的一支队伍集聚鸡川一带，并屯军铁柜堡下，决心拿下该堡。铁柜堡上方黑云压城，气氛紧张。秦安、通渭两县的民团1000余人驻扎在铁柜堡北面的山上，蓄势待发。铁柜堡枪手首先出击，在老君庙前与对方交锋。良久，不分胜负，对方改变战术，"分骑截击"，枪手失败，伤亡十余人，余者与民团一起退守牛家坡堡。第二天，对方分兵攻打铁柜堡，堡总苟奉祖审时度势，精选壮丁再次出击。众枪手连发枪炮，猛攻猛打，对方伤亡较大，收兵撤退，铁柜堡之围始得解除。这次战斗，尽管铁柜堡民也付出了血的代价，但与其他先后被攻破的寨堡来比，幸运不言自明。

据当地人讲，铁柜堡之所以屡攻不破的缘由，除了"地利"与"人和"，还有一个因素，就是"神助"。"金城镇中有白衣寺、无量寺、大佛寺，街西有关帝庙，嘉庆时贼至显应，堡赖以安。"铁柜堡曾面临过的兵灾匪患不可胜数，当人们束手无策时，相传关公就要施展神威，助民脱险。铁柜堡关公显圣，要么黄风陡起，土飞沙扬，天暗月黑，四方不清；要么骤雨突降，河水暴涨，路断桥移，寸步难行。这种情况下，堡内民众自然安然无恙，而堡外的兵匪，则受到来自上苍的惩罚，直至他们的头领五体投地，祈求放行。这当然只是传说。

曾经一度，铁柜堡还成为闻名遐迩的大赌场。每逢天气晴朗的时候，堡墙内外、河滩上下，三五成簇的赌摊比比皆是。

据另一篇通渭文史资料《铁柜儿姓氏探源》介绍：在铁柜儿的姓氏之中，第一大姓为王姓，有两百多户人家，集中居住在铁柜儿上店村，人称"铁柜儿王家"。第二大姓为牛姓，包括下店、关道、何家那坡、北山上、王家沟共50多户人家，相传祖上为山西大槐树人，先祖为"牛一条腿爷"，约在明末领着七个儿子西迁，途经陕西时又渴又饿，见路旁一片菜地种有萝卜，便下马进地拔萝卜充饥，不料被主人发现放出大狗追咬，父子急急上马奔逃，到了甘肃地界后，儿子们发现先祖所乘之马只驮回一条腿。弟兄七人选择在甘肃通渭定居后，老大选择了牛家坡，老二选择了牛家店，老三居住在牛家山上，老四在牛洛里，老五在陇川，老六在县城郊，老七选择了在店下湾居住。后来，"牛一条腿爷"的后代们逐渐扩散到坪里家、坟坪上、牛家湾、铁柜儿等处。在铧沟坪上有一大坟是"牛一条腿爷"的坟，坪上有数百亩地为牛氏护坟公地，后来便叫坟坪上。在铁柜儿上店村还有两户牛姓，和"牛一条腿爷"并不是同一宗族。

那么，我们家到底是哪一个牛家呢？

那天，牛主任还带我去见了他住在乡下的母亲。老人家拉着我的手,端详了一阵后说,太像了,太像牛家人了,额头像,眉毛眼睛都像。那一刻,我真的有种回到老家的感觉,仿佛拉着我手的就是我的母亲。老人家还说,那些年挨饿的时候,北来(指会宁)的牛家人救过通渭牛家人的命,她记得北来的牛家人不止一次给她们家担过洋芋。老人家说时一脸的感动,仿佛我就是给她家担过洋芋的人。或许我跟牛主任是一个家族?

会宁的牛家是怎么去会宁的,牛主任的母亲也说不清楚。我小时候听我的一位长辈讲,通渭的牛家户口很大时,就出现了土地不够种的情形,老先人听说会宁土地广阔,人口又少,就分出一个儿子到会宁去开拓田地。这个儿子临走时,从门口的树上折下一根柳棍,说是要当烧火棍用。于是,会宁牛家的一支也叫"火棍牛家"。

会宁的牛家也不是同一宗族。据村里的一位老人说,民国年间,有个通渭的牛家人在会宁当县长,会宁的牛家人去认本家,县长给去找他的这些人每人发了一个银圆,把他们打发回去了,并约定从此不再来往。但我的长辈们都不知道此事,估计那些牛家人和我家不是一家。

从牛主任家里出来,车子就离开了柏油路,拐上了村里的土路，我们要去鸡川小学看看，牛树梅的坟就在小学的后院里。车子七弯八拐地到了鸡川小学门前，学校的门却是锁着的。这天是星期天。牛主任通过电话找到乡上的领导，乡领导又找到了学校的牛校长，又是一个姓牛的人，这才打开了锁子。进到院里，看到一间教室的门前挂着学校的木牌子，是白底黑字的那种，虽然有些破旧，但依然严肃，严肃得有点师道尊严的感觉。教室很破烂，几乎是危房。牛校长说，这里原本已被列为文物保护单位了，要进行修缮，但因为村上有些人反对，就停了下来。牛校长还说，新学校已经建好了，就在离这里不远的村口，可村里有些人认为这里是牛树梅的旧居，孩子们在这里上学可以沾些牛大人的文气，硬是不让搬。

牛校长领我们去后院里看牛树梅的坟，坟堆没有了，只有一地的野草无所顾忌地疯长着。牛校长说，这坟曾被村里人挖了，现在里面啥都没有了，说着就叹息了一声。面对着那片野草，我深深地鞠了一躬。

然后，我们站在学校的院子里，又聊了一阵牛树梅。牛校长给我讲了这么一个传说。说有一次两个风水先生路过牛家的祖坟前，断言牛家后代必出读书人。此话被牛树梅的爷爷听到了，就赶紧把风水先生请到家里来，想问个究竟。风水先生说，如果不信，就找支毛笔来，今晚插在祖坟上，明天日头升起之前去看看，如果毛笔的笔头是湿的，就说明他的断言是准的；如果笔头是干的，就说明他看错了。爷爷让牛树梅去照办，结果第二天一早，牛树梅告诉爷爷笔头是干的。两个看遍千山万水的风水先生怎么也不相信他们会在这里看走眼。但过了十几年，牛树梅果然中了进士。原来牛树梅自小就很聪明，他怕村里人听到了风水先生的话会产生嫉妒心而毁了他家祖坟上的风水，于是就撒了一个谎。牛树梅的儿子后来也中了进士，有三个孙子当了县令。

传说，只是民间传说。但接下来听到的故事，倒是让我更感兴趣。

据说，现在通渭、会宁一带吃的"缠头饭"，就是从"牛青天"时开始叫开的。牛树梅在四川做官时，当地的地主官员多次想宴请牛树梅，但都被他拒绝了，他告诉那些官员他在家里请大家吃饭。牛树梅让家人做了一锅搅团，那些官员不知道搅团是什么饭，更不知道如何去吃。只见牛树梅拿起筷子从碗中夹起一块绕头一圈后滑入口中。当地官员也学着牛树梅的样子缠头一圈，只见搅团落了那些官员们一头,烧得他们纷纷告退。从此,搅团就叫"缠头饭"了。

还据说,"牛青天"因为为官清正,得罪了一些地方官员,当他离开四川时,在送行的宴会上,有人举着酒杯说:"虎去山还在!"听出弦外之音的牛树梅当即回道:"山在虎还来!"过了十几年后,牛树梅果真又被调回四川,四川的贪官污吏一片惊慌。

牛树梅晚年辞官回家,终老乡下。有人说是他主审了太平天国的石达开。石达开的事儿结束后,他就辞官了。为什么?不知道。留下许多想象的空间,让后人们去想。

从通渭回来,我还是不知道我是哪个"牛"。

第四辑 乡村人家

庄窠

从我太爷辈开始,我们家族的脉络就比较清晰了。

我的太爷们初到杏儿岔时落脚在山腰处的一片地里,是一个叫庄窠的地方,也叫窑院,或许那片地原本没有名字,是因为太爷们在那里挖了窑,打了庄窠,才由此得名。挖窑的遗迹至今还在。

2014年清明节的前一天,我到老家去扫墓。我爷爷的坟就在庄窠边的一片地里,当我和弟弟、堂弟给爷爷烧了纸钱,磕了头之后,就看见离爷爷的坟不远处的地埂下有三孔挖窑。弟弟说这就是我们老祖宗当年住过的地方。我们去窑前看了看,窑塌了半截,地里的土往上掩了一半,这半截窑就显得很低了。我朝窑里看了看，除了野草什么也没有。以前在这里住过的人现在都住到了地下，这里的生活气息被岁月的风吹得无影无踪了。那时，我脑海里忽然闪现出"山顶洞"这个词来，在这里住过的人就是我们家族的"山顶洞人"。站在窑洞遗址前，我感到阳光温暖，能听见春天的风从头顶上吹过，但身上感觉不到一丝风。远处是莽莽苍苍的群山，脚下是一览无余的土地，遥想当年土匪出没的年代，住在这里视野开阔，一旦有匪情，就可以及时逃跑，看来老祖宗之所以选择这个地方安家，一定是经过认真考察和思量过的。

后来，太爷们可能觉得山下也比较安全，就从山腰处的窑院搬到了山脚下。

但也有另一说法，太爷们先住在山脚下，后来去了窑院，之后又搬到了山脚下。但我推测，他们最初住在山腰处的可能性更大。

太爷们在山脚下的挖窑里住了几年，弟兄四个就分家了。大太爷搬到了会宁县的韩家集乡去住，那时那里也是一个人少地广的地方。二太爷还住在挖窑里，之后就在窑洞前围了院子，箍上了箍窑。二太爷就是我的亲太爷。三太爷挨着二太爷的窑洞挖了两孔窑洞，也是后来才在前面打了庄子，箍了箍窑。离开了挖窑，住进了箍窑，日子就已经好过多了。我的四太爷在我们庄子对面的地里打了一个庄子，开始了自己的独立生活。据说四太爷没有后代。太爷们的名字叫什么？现在已没有人能说全了。想想人这一生，连个名字都留不下来，和那些无名的草木有什么区别呢？

一个偶然的机会，我打听到了我亲太爷的名字，叫牛登成。是成功的成呢，还是城市的城，或者忠诚的诚，没人说得清。我的四个太爷共生了七个儿子。我的亲太爷生了两个儿子，一个是我的大爷牛有福，另一个是我的亲爷牛有财，但按照我爷爷辈亲堂弟兄的排行，我爷爷排行老三，大太爷的儿子牛有禄，排行老二，我叫他二爷。我的大爷有七个孩子，是我的三个堂伯堂叔和四个堂姑姑。我的爷爷生下了我的父亲牛永德（但身份证上写成了牛永得），我的叔叔牛永清，还有我的大姑牛芳英，我的小姑牛玉芳。

我爷爷属狗，生于1910年，1970年去世，爷爷活了60岁；我奶奶的名字叫张玉英，属猪，生于1911年，2000年去世，我奶奶活了89岁。

关于我爷爷辈的事儿，我零零星星从我父亲、我叔叔和我姑姑口中听到过一些情形。那是民国年间，我们家在杏儿岔已经发展成为一个大户了，有上百亩土地、七八头骡子、五六个长工。我大爷在家里掌管着土地上的事情，我的爷爷则跟着我的二爷搞长途贩运，相当于一个"马帮"，当时叫作脚户。二爷和我爷爷赶着骡队往返于临夏、兰州、定西、白银会宁之间，最远到过四川，沿途做着食盐、布匹和茶叶的生意。有人说他们还做过军火和烟土生意，总之做得够"大"的。关于烟土的事，已无从考证；军火的事，确有其事，多年后从我二伯家的一处塌窑里发现了好多已锈成了废铁的枪支，我的一个堂兄和我弟弟都见过。

二爷和爷爷一路上吃过苦受过罪，有过与土匪的激烈交锋，但也有过风光，甚至声名显赫。岔里的老人们至今还会说起牛家骡队的故事，比如二爷长得魁梧，力气大，一个人撂倒过多少土匪，等等。二爷是骡队的头领。至于我爷爷，只负责赶骡子，他是骡队里一个默默无闻的人。

我爷爷和我大爷分家的时候，骡队已经散了，土地已所剩无几，为此，新中国成立后，我家的阶级成分是中农，而没有被划成地主或富农。

分家后，我大爷和太爷住在老宅子里，我的爷爷奶奶带着我父亲就在离老宅不远的地方打了一个新宅，也就是打了

第四辑 乡村人家

一个土围子，里面箍了两孔箍窑，开始了与我大爷"隔开门另搭锅"的日子。

在我的印象里，爷爷是个又黑又瘦的老头，腰里系一根草绳，好像一年四季他都怕冷似的。一天说不了三句话，对什么事不满意了也不多说，只是鼻子里"哼"一声；有时他在心里想起什么不愉快的事了，也"哼"一声。家里吃饭的时候（大多数时候是喝汤），他也不去坐在上窑里的炕上吃，要么端一碗饭坐在灶间的柴火上三下两下就吃完了，要么坐在随便哪间屋子的门槛上吃，吃完饭后一声不响地去他的草窑里睡觉。那时，爷爷是生产队里的饲养员，白天放牲口，晚上住在牲口圈的草窑里看牲口。

我父亲和我叔叔分家的时候，把两个老人也分开了，爷爷到了我家，奶奶留在叔叔家。

我奶奶是童养媳，因为娘家穷，怕养不活，很小的时候就被送到了我爷爷家，十几岁的时候和我爷爷圆了房。奶奶脾气好，对所有的人都和善，从来不得罪人。据说我家雇着长工的时候，奶奶每天给大家舀饭时，总是给长工们的碗里舀得稠，而给自家人碗里舀得稀。奶奶说长工下的苦最多，不能让他们饿着，其他的人吃稀点没关系。因此长工们都说我奶奶心肠好。

1970年初夏的一个晚上,发生了一件意外的事——爷爷看管的十几头毛驴跑进生产队的麦地里,弄得满地狼藉。不知过了多久,才被半夜醒来的爷爷发现。爷爷把那些给他惹了大祸的毛驴赶回驴圈后,就找了一根冰草绳,把自己吊在了地埂上的一棵杏树上……

几十年过去了,我意外地听到了一个传言,说当年有人故意在半夜里打开了圈门让驴跑了出来,是为了陷害我爷爷。

我一直在想:有这种可能吗?根据当时的情形判断,如果有这种可能,那人一定是想报复我的父亲,因为我父亲当时是生产队的干部,而且是一个老实人,上面的政策硬,他执行起来也就硬,一定得罪过什么人。父亲得罪了谁呢?父亲忘了,或者他本来就不知道,我们只能推想。

第四辑 乡村人家

坚 守

我父亲做什么事都不愿落在人后。包产到户后,每年春天,岔里的第一声耧铃总是由他先摇响;每年夏天,岔里的第一捆麦束子,总是先立起在我家的地里;每年秋天,岔里碾场的第一声碌碡声,总是先由他吆着毛驴拉出来;而每年的冬天,岔里第一个杀过年猪的人家,总是我家。如果一年四季中这些重要的事情,被别家争了先,父亲就感到脸上无光,赶紧催促着母亲和我们往前赶,一旦赶得慢了,就会被他一通劈头盖脸地骂。他从不承认自己的庄稼长得不如人,更不承认自己的日子过得不如人,甚至连走路也要比别人走得快,去20里外的县城,他一个多小时就到了。

要强的性格，使他吃了不少苦头，比如头疼感冒之类的，他从来都是咬着牙不吭声，该干啥还干啥。虽然有些小病还真被他扛过去了，但有些病因此被他拖成了大病，终究把他拖倒了。

父亲一生只住过一次医院，那是20世纪80年代初，他得了胃病，什么都吃不下。那天，我们用架子车把父亲拉到了县医院。记得那天阳光很刺眼，我们拉着架子车从县城的街道上走过时，心里一片荒凉。父亲住了一段时间，病情不见好转，医生建议我们回家。我们想尽了所有办法之后，我一个同学的父亲说他试试，他是当地的一个土医生，结果父亲吃了他开的很简单的一种药，居然好了起来。父亲好起来了，我们头顶的天就晴了。

在父亲眼里，住医院是丢面子的事。在他晚年得病的几年里，我几次劝他去医院，都被他以各种理由拒绝了，催得急了，他就发火。有一次，我让弟弟带他到县医院去做检查，心想让他住院治疗，可他第一天去第二天就回来了。再后来，他担心去了医院就回不了他的老宅子了，更不去了。好长一段时间，是我一个当村医的弟弟给他输液，给他吃药。现在想来，我们都错了。

有一段时间，生产队里没有人会当会计，没有正规上过一天学的父亲，自告奋勇地说他来当会计，因为他曾上过几天扫盲班。他是个渴望读书的人，但他没能上学。在我太爷的几个孙子中，我大伯是上了学的，而且在兰州上过学，但很早就去世了；我的小堂叔也上过几年学，后来当过几年大队学校的民请教师。

当了会计的父亲，凭着扫盲班里得来的这点"墨水"，居然能把队里一百多号人的名字写出来。我见过父亲的一些笔迹，细看他写的字，严格地说没有一个对的，不是缺胳膊就是少腿，但是你一看就知道他写的是什么字。父亲还自学了珠算，一手算盘打得很漂亮，他曾给我演示过他的珠算手艺，比如在算盘上打出"凤凰单展翅""李彦贵担水""两朵梅"等图形，让我佩服得五体投地。那时，每年队里的年终决算、分口粮都是他用算盘算出来的。偶尔有人感觉给他家算少了，就去质问父亲，父亲便拿出工分本子，左手一页一页地翻着，右手在算盘上拨着，嘴里还要一五一十地念出来，这样一念一算，来者就没话可说了。

那时候，公社常常会派工作组到各生产队查账，相当于现在的审计，但父亲记的账从来没有出过问题。他甚至不用看账本，也能把这一年队里的收支情况说得八九不离十，为此，公社来的人没有不说父亲记性好的。

后来，父亲当了生产队长。每天早上，别人还在被窝里，他就已经起来开始放广播了，先是放上一曲《东方红》，然后就在广播里催大家上工，分配当天的农活，比如张三、李四到东边的山上耕地，王五、马六到西边的山上锄田，还有修梯田的、送粪的，一一安排下去后，父亲就扛上农具出了门，到了地头先一个人干了起来，随后来的人就跟着干，最后上工的那个人，就要被父亲训斥一顿，嘴上说着非扣了这个人的工分不可，但实际上从来没有扣过谁的工分。当时挨了骂的人心里很不高兴，但时间一长，大多数人就不计较了，说我父亲就那么个脾气，但心肠好，从不害人。父亲去世后，我在《写在地上的碑文》一诗中写过父亲当队长时帮助队里人的事。

有一件事，父亲被蒙在鼓里，蒙了好多年。那些年队里碾场的时候，当天碾出来的粮食堆在场里，碾过几场之后，才组织人力拉着架子车去粮站上缴公粮，同时，也按照工分给每家分口粮。粮食堆在场里的晚上，碾场的人在下工之前都要在父亲的监督下给粮堆盖上印板子。所谓印板子，就是把一片木板削平了，一面刻上几个字，或者刻上一个花纹。这个印板子，应该就是当时生产队的公章，因为我没有见过生产队还有别的公章。父亲叫人先在粮食堆上撒几把从炕洞里掏来的草木灰，左右前后和上面各撒几把，然后在灰上按上印板子，一共按了几个，按在什么地方，父亲都记在心里。第二天上工前父亲要去检查粮堆，看那些按过印板子的地方动过没有。父亲几乎没有发现过印板子错位的时候，但他几乎每次总感觉有什么地方不对，比如粮堆似乎小了一点，但他不好说出口，因为叫来掌管印板子的人和碾场的人看了，都说没什么问题。其实，父亲的感觉是对的。在那个年月，队里人虽然几乎家家缺粮，但我家更甚。当然，还有一个原因是，我家男孩子多，男孩饭量大。

当父亲知道有人动过队里的粮食时，已是包产到户以后了，但父亲说他不后悔，占公家便宜的事他不干；人一辈子，要活得干干净净，不能让别人在背后戳脊梁骨。父亲的这些言行，深深地影响了我，在我后来从政的一段时间里，我一直是以父亲为榜样的。虽然，当时有人认为我傻，但我心安。我穷了好多年，但从不自卑。

父亲当了多年的生产队长，我们家唯一得过的好处是我二哥当了煤矿工人。那时我们公社的书记虽然没文化，自称是"大老粗"，但人很公道正派，当县上分配给公社一个煤矿工人的指标时，他便指定让我二哥去，说是对我父亲这个老队长的照顾和奖励。

父亲不当队长后，就在自家的承包地里埋头干了起来，但年龄不饶人，父亲越来越老了，而且潜伏在身体里的各种疾病开始暴露了出来，腰疼、腿疼、胃疼、头晕……但他硬是不服老，分给他的地一分不少地每年都种，扁豆、小麦、莜麦、胡麻、洋芋、苞谷，每样都要种上几亩。我曾建议父亲种上一两样就行了，这样种起来方便，收起来也容易，但父亲不同意，他说粮食要倒茬的，只种一样就把地种瘦了。后来，我看他背也驼了，头发也白了，人也瘦了，饭量也减了，就说少种几亩吧，拣好的、平的地种，不好的、陡的地就送给别人种，或者干脆撂荒算了，他舍不得。其实，到了晚年，他种地种得极其艰难，他养着一头毛驴，耕地的时候就得借别人的一头毛驴和自家的一起拉犁，为此看了不少人的脸色。有时，遇着天旱年景，毛驴的草不够吃，水不够喝，让他实在为难不已。有一年，我母亲病了，给毛驴铡草就成了一大难事，因为铡草必须由两个人来完成，一个人按铡刀，一个人要蹲在铡刀前送草。父亲在没有人帮助的时候，就一个人先蹲下去把草送到铡刀下，然后站起来按一下铡刀，然后又蹲下去，再站起来……我一次次苦口婆心地劝父亲把毛驴卖掉，目的是让他不要种地了，但父亲总是有很多不能卖的理由，比如除了耕地，到村外去磨面啥的，就得毛驴拉车；比如毛驴的粪可以当肥料，是比化肥好得多的肥料，也可以作填炕取暖的燃料。后来，好不容易说通了父亲，终于把毛驴卖掉了，可父亲除了把离家远的地送给我弟弟种以外，家门口的几亩梯田他还是坚持要自己种。因此，我和弟弟商量，父亲的那几亩梯田由弟弟帮着种，但父亲是急性子，看着别人已开始播种了，就和母亲拿着锄头去种地，待到弟弟去帮父亲时，父亲和母亲已经用锄头种了一大片了；到了该翻地的时候，他又和母亲扛着镢头去挖地。其实他和母亲比以前更辛苦了。我为逼着父亲卖掉毛驴而心情复杂了好些日子。直到父亲实在种不动地了，也就是离他去世只有两三年的时间里，他才把梯田送给了我弟弟。那时，父亲感到对土地力不从心了，情绪很低落，甚至我感到他很绝望。

我在父亲的遗物里看到了他晚年给我留下的一封信，内容是交代他去世后怎么分配他的土地的事。除了土地，父亲真的没有什么更重要的遗产了。

第四辑 乡村人家

偏　爱

我父亲去世后，我的一位领导前去吊唁，他在我父亲的遗像前磕完头后站起来说，这是一位了不起的老人。我赶紧说，可千万别这样说，我父亲只是一位普通的农民，很平凡。但这位领导接着说，单凭他老人家养育了一位诗人，就了不起。我的眼泪就哗地下来了。

想起来，父亲执意让我上学，这的确是父亲为我所做的最了不起的一件事情。记得我到了可以在生产队里劳动挣工分的年龄时，有人说不能再让我"白吃闲饭"了，但父亲坚决地说：不管有多大的难处，只要他还有一口气，就要让我念书。父亲的话，至今让我感到悲壮。

据我母亲说，我一出生就体弱多病，在我三四岁的时候，我的后背上生了三个大疮，队里人都说这孩子身上毒气大，怕是难活，但我父亲却坚持每天都背着我到县城的医院去打针，打了好长时间，疮不见下去，我却被针打怕了，一看见穿白大褂的护士就大哭起来。当然这都是母亲讲的，我并不记得。我只记得有一次打完针后，父亲把我背进了一家饭馆，给我买了一碗臊子面让我吃，而他只坐在桌子对面看着我，目光里透着爱怜。母亲说，那三个疮后来都破了，流了好多脓，然后就好了。母亲至今还很感叹我的命大。但那一段时光，除了在我的后背上留下三个疮疤，还让我永远记住了父亲的目光。

记得是在我上小学的时候，一次，父亲去开"四干会"之前悄悄对我说，让我星期天到他开会的地方去找他，去了就会吃上肉。我真的去了，但因为对县城不熟悉，见到父亲时已快中午一点了，我人生第一次吃到了肉丸子。

我上高中后，为了供我上学，父亲先是把积攒在家里的一垛麦草担到城里卖了，因为这是家里当时唯一能变成钱的一点家产。之后，父亲还到县城去搞了一段时间的副业，也就是现在说的打工。有一个星期天，我去副业队看父亲，父亲

第四辑 乡村人家

告诉我，这里的房东奶奶非常好，前几天他得了痢疾，高烧不下，肚子疼得他直不起腰来，是房东奶奶给他买的药，端吃端喝，照顾了他好几天。父亲尤其感动的是，在那个一分钱也得好几把汗水挣的年月，房东奶奶没有要他的药钱。但我听了之后，在感激这位房东奶奶的同时，心里更多的是难受，要不是为了我上学，父亲不会来城里受这份罪。这年父亲用搞副业挣来的钱，加上我在假期里也参加副业队所挣的钱，给我买了一只煤油炉子，还买了几斤煤油和一袋面粉，我开始在学校的宿舍里自己做饭吃了，这样就比在学校的灶上吃少花不少钱。那个煤油炉子，现在不知道丢到哪里去了。

　　自从我有了工作，每次回家我都会给父亲称一两斤茶叶，带上一两条烟。有一次回家，我打开父亲的柜子，本来想看看父亲的茶叶和烟还有没有，却看到了父亲抽完烟后积攒起来的那么多烟盒，花花绿绿各种牌子的都有；还有大大小小的各种茶叶的包装袋。后来母亲告诉我，父亲常常在天阴下雨天闲下来的时候，把这些烟盒和茶叶袋翻出来整理一遍，说什么烟是我什么时候给他的，说什么茶叶是我哪一次拿来的，表情那么慈祥。原来他是用这种方式来想念出门在外的儿子。现在我每次回去给父亲烧纸的时候，依然会带上茶叶和烟，但都是我熬了茶奠到父亲的坟前，点了烟插在父亲的坟头上。

2012年春天，父亲已感到他的身体实在不行了，担心来日不多，就给母亲安排说，他这些年来花的钱都是我给的，现在家里剩下的这些钱都留给我。对于这件事，我在《父亲的遗产》一诗中写过。

我是杏儿岔有史以来第一个通过读书而改变了命运的人，也就是岔里人说的第一个"读成了书""吃上了皇粮"的人，甚至有人说我是岔里出的第一个"举人"。我从岔里出来，上了师范学校，当了几年教师，后来到县委办公室当秘书，到县文化局当副局长，再到省城当了记者，父亲一直都感到脸上有光。每逢有人夸他的儿子，他也就跟着夸，只是不管遇到什么难事，他都会一个人扛着，他常给我母亲说：什么事"都往娃的脸上看"，不能让娃娃为难。他没有让我为难，但为难了他。我仅仅是父亲精神上的骄傲。

兄弟们都说，父亲和母亲最偏心我。我也这样认为。

找媳妇

我常听父亲这样说："人这一辈子，老子欠儿子一个媳妇，儿子欠老子一副棺材：都是债。"在他心里，作为父亲，给儿子娶一个媳妇是他义不容辞的责任，如果谁的儿子打了光棍，那这个父亲就是亏了先人。为此，看着我们弟兄一个个先后长大的时候，他就着手"还债"了。

我的父母一共有六个孩子，依次为我大哥庆礼、二哥庆杰，我是老三，我弟弟庆军、大妹玉霞、小妹玉萍。在十二生肖中分别为：龙、羊、虎、蛇、猴、鼠。父母为了把这一群小"动物"拉扯成人，备受艰辛。

记得当年我大哥到了找媳妇的年龄，父亲急得一边大骂我大哥没本事，一边四下打听，到处托人说媒。后来据说因为父亲是生产队长，我大哥这才好不容易找上了媳妇，但为了聘礼，从来公私分明的父亲，居然借了生产队的公款。

这年腊月的时候，在煤矿上当合同工的二哥给家里买了几百斤煤，想让我们一家人过年的时候暖和暖和，父亲却让我装了一背篼给大哥对象家背去。我是和父亲一起去的。父亲背着一个木板箱，那箱子是根据我们那里的习惯，由我们家做好送到大哥对象家去，是用来装嫁妆的。刚从家里出来的时候，父亲给我说，到了别人家里要懂礼貌，该称呼啥就称呼啥，别笨嘴笨舌，让人家笑话。见我不吭声，父亲就生气了，骂我不懂事。在父亲的骂声中，我们之间的距离就越拉越大，直到远得听不见父亲的骂声，父亲也就不骂了。当然，也因为越走感觉背上的这些黑石头越重，走上一段路，我就会停下来把背篼靠在路边的地埂上歇一阵，越到后来歇的次数就越多。走远了的父亲只好停下来等我，态度也和蔼了。

大哥娶媳妇的日子是在正月，父亲还请了社火来家里贺喜。那晚上忽然刮起了北风，下起了雪渣子，风雪中几盏纸灯笼被点着了，社火队的人很不高兴，父亲也很不高兴。

大哥结婚不到一年，就和父亲分家了。

到二哥结婚的时候，家里的境况已经比大哥结婚时有所好转，因为二哥那时已经由合同工转成一名正式的煤矿工人了，除了每年都给家里拉来一两千斤煤以外，还能时不时地给家里寄钱，补贴家用。二哥找媳妇相对容易，因为二哥是工人，也因此，二哥的婚事就一定要办得气派些，得打几样家具，比如大衣柜、梳妆台之类的。那年我放寒假回到家里时，已是三九寒天，父亲正忙着给请来打家具的木匠打下手，见父亲冻得脸色青紫，时不时地还擦着鼻涕，他那时还只穿着一条单裤，我就生气地说："都什么节气了，不知道冷吗？怎么不穿棉裤？"父亲说："你知道做一条棉裤得花多少钱吗？"我这才知道父亲手头连做一条棉裤的钱都没有。

二哥结婚后，过了几年也和父亲分家了。再过了几年，我几经努力，将二哥一家的户口迁到了会宁县柴门乡的黄河灌区，二哥一家就离开了杏儿岔。

父亲病重的日子里，一直惦念着我二哥，说很长时间都没见着老二了，不知道老二好着没。在父亲弥留之际，二哥来到了父亲身边。那天，一起走进父亲屋子的有好几个人，其中也有我，父亲从脚步声中就听出了我二哥，他挣扎着抬起头来问，是老二来了吗？此后的几天，父亲不让任何一个孩子离开他，有一次他紧紧地盯着二哥的脸，用颤抖的声音说，你不要走。我就用开玩笑的口吻对父亲说，您老人家咋就最怕我二哥走呢？你是不是偏心老二？我看见父亲闭着眼睛微笑了一下，二哥却忍不住流下了眼泪。

我最让父亲生气的一件事，是我把父亲给我在杏儿岔找的对象给退了，这也是我人生第一次没有听父亲的话。一时间，岔里沸沸扬扬，我声名狼藉，气得父亲居然提了根绳子要去上吊，说他在岔里几十年都是说话算数的人，这一下让儿子把他的脸丢尽了，让他没法在岔里活人了。当然，过了几年也就风平浪静了。当我自己找了对象后，父亲就什么话也没说。

我结婚后，不管我的工作单位调动到哪里，基本上都把妻子带在我身边，时间一长，在无形中我就和父亲分家了。当然，后来父亲正式跟我分过一次家，那时弟弟已经结婚，父亲说我媳妇和孩子的地都在家里，总得分一下才好。记得我当时给父亲说，其实没什么可分的，只把家里的那个旧炕桌给我，让我做一个纪念就行了。当时弟弟觉得有些过意不去，给了我一些钱，说让我在城里给自己置办点家具什么的。家就这样分了。

父母和我弟弟一起生活的时间最长。因为弟弟是父母的小儿子，前面的三个儿子都先后分家另过了，父亲就不想再分家了。

弟弟高中毕业没有考上大学，给弟弟找媳妇很快就成了父亲心目中的一件大事，托人先后给我弟弟介绍了几个，都没成，原因是女方嫌我家穷。其中有一个，本来就要成了，却突然又不成了，父亲怀疑是有人从中说了闲话，而被怀疑的那个人就在我们岔里。那是冬天的一个早晨，父亲火冒三丈地跑去和那个人论理，问他为什么要乱嚼舌根，而那个人矢口否认，两个人就高声大嗓地吵了起来，我赶紧跑去硬把父亲给拽了回来，然后又回去给那个人道歉。我父亲咬着牙给我说，他就不信老牛家的儿子还会打光棍。我说是啊是啊，那你还生什么气？春节一过，弟弟就找上了媳妇。当时，我父亲高兴得不得了，逢人就说，他找了个好儿媳。他说的好是指这个儿媳妇会干活，能吃苦，会过日子。

那时，我给弟弟在白银市的一家企业找了一份工作，弟弟结婚后还在白银上班，弟媳妇就在家里和我父母一起务庄稼。现在想来那应该是父母过得比较舒心的一段时间。

但过了几年，父亲还是和我弟弟一家分开过了。其实，那时候我弟弟是很不想分家的，分家的那天，我看见弟弟坐在炕沿上眼泪唰唰地往下掉，看得我心里也一阵阵难过。

分了家，弟弟就再没有去白银上班，靠他在白银上班期间自学的中医，在家里一边种地，一边给村里人看病，后来还考上了村医，再之后就在县城里买了房子。那时，我给弟弟说，虽然分家了，但父母亲那里有什么事，还得弟弟多操心。我调到兰州工作后，不仅离家远了，身体也出了问题，有一段时间是我人生中的至暗时期，所以回家的次数就少了。虽说每年也会回去几次，但只能是看看父母，给他们留下点钱而已，平时的任何忙都帮不了。

儿子们都有媳妇了，父母却老了。

第四辑 乡村人家

他们的爱情

要说我父亲一生最大的缺点,那就是他的脾气不好,只要他生气了,哪怕是天王老子他都敢骂,而且不管轻重,不管会不会得罪人,什么样的话最能让他解恨,他就挑什么样的话来骂。我们弟兄四个和两个妹妹都是在父亲的骂声中长大的,但也是在他老人家的骂声中学会了做人做事的方法。

当然,我母亲挨了更多的骂。母亲说,有一段时间她很想不通,但后来想通了,一个女人遇上一个怎样的男人,都是命定的,他爱骂就让他骂去,骂过的话,风一吹就没了。

母亲告诉我,我姥爷是当地有声望的人,家里不愁吃不愁喝,后来划阶级成分时划成了富农。当年我姥爷觉得牛家是大户人家，家底殷实，就把她许配给了我父亲。其实，那时牛家已经穷了。当母亲结婚办喜事时，牛家给前来贺喜的岔里人吃的是荞面馍馍，喝一碗洋芋炒韭菜汤，只给娘家人炒了几个肉菜，吃的是白面馍馍。牛家怕我母亲娘家人笑话，先把我母亲接到了大爷家的一间屋里，第三天就搬到了我爷爷家。这就是说，母亲一进我家就过上了穷日子，她唯一感到欣慰的是我奶奶对她好，每次母亲受了委屈，奶奶总是护着她。

每当回忆往事，母亲常会提起那年她从工地上回家的情形。那是20世纪50年代，母亲在会宁县的新添堡水库工地劳动。她的活是在磨坊里推磨，一天到晚都在推，有时候晚上也推，虽然很辛苦，但能吃饱肚子。听说母亲要从工地上请假回家，我父亲就去接她，半路上却被一块石头绊了一下，咚的一声倒在地上，母亲费了好大劲才把他扶回家。一进家门，母亲就看见我奶奶躺在炕上起不来了，奶奶流着泪说："总算把你盼回来了，我把你的两个娃娃交到你手里了。"那时，我还没有出生，奶奶说的两个娃娃是指我的大哥和二哥。那次回家，母亲好不容易从工地上带回来了几斤面，烧了汤，才让一家人渡过了难关。用母亲的话说，一家人才活了过来。

父亲只是脾气不好,但他的心中一直记着母亲的好,他更知道他这一生,没有谁比我母亲对他更好了。有一年母亲在县城住院,父亲每天一个人站在门口朝大路上张望,他是希望看着母亲从那条路上回来,但等了几天还不见人影,就借别人家的电话机给我打来了电话,问我母亲到底是什么病,严重不严重,并且一再问我还有几天我母亲才能回家。那时,我感觉父亲像个孤独的孩子,母亲不在家,他一刻也坐不住。于是,我找了一辆车把父亲接到医院,让他看了看我母亲。车往城里走时,父亲坐在车上一声不吭,但回去时有说有笑,因为他真的看到我母亲没有什么大病,才放心了。

家里吃不饱饭的年代,母亲和孩子们每天都吃菜饼,但母亲总要想方设法给父亲做一个面饼。如果实在面不够了,也是大家的饼子里菜多面少,而父亲的饼子里菜少面多。父亲每天中午下工回来,要熬罐罐茶喝,母亲就每天给父亲留着喝茶吃的馍馍,而这个馍馍总是被母亲藏到孩子们找不到的地方。锅里饭少,父亲和孩子吃稠的,母亲则吃稀的;如果过节时有一点好吃的,母亲总是先让父亲和孩子们吃。母亲的好,母亲的不容易,我想父亲也是知道的。

父亲晚年,孩子都不在身边,是母亲给他端吃端喝,一直把他伺候到老。父亲去世前，最放心不下的就是我母亲，他说他想来想去，觉得让我母亲跟着我到兰州去生活比较合适。办理完父亲的丧事后，我就把母亲领到了兰州，从此，老家的大门上就挂上了一把锁子。

母亲病重期间，几次告诉我，她梦见了我父亲，说我父亲老在她的床前走来走去，骂她跑到城里不管他了。我想，母亲一定是想念父亲了。

记得有一次他们吵完架，母亲扔下一句狠话，说她死了不和我父亲埋在一起。那一定只是气头上的话。他们吵吵闹闹一辈子，终究都还在心里互相牵挂着。我相信他们也有爱情。

铭　记

一

2012年4月22日下午,弟弟忽然打来电话,说父亲的病情很严重,他们已经给父亲把老衣穿上了。立时,我的脑海里一片空白,我想象不出穿着老衣的父亲是什么样子。

想起2011年9月,我到定西、陇南一带去采访,回来的时候专门绕道去看了看父母。那天,我在县城给父亲打了电话,我说我来看他,从电话里我听出了他的高兴。

那次,我因为要赶回报社发稿子,只在家里待了不到两个小时。这是父亲最后一次能够出门迎我,也是最后一次能够出门送我。

　　这年过年的时候，因为大雪封山，我又一次没能回到乡下和父亲一起过年。我没有想到这个年已是父亲在人世间过的最后一个年！这个年，父亲过得多么艰难！

　　等到过完年，山路上的冰雪完全融化后，我才带着妻子和儿子一起去看父母。那天，我临走的时候，父亲把我叫到他的身边，和我握了握手；也把我儿子叫了过去，握了握手。从上房门里往出走时，我回头又看了一眼父亲，他背靠着炕上叠起的被子向我微笑着招了招手。

　　后来，母亲告诉我，自从我看过父亲之后，父亲一天不如一天。但我每次打电话，父亲都让母亲告诉我，他好着呢，一顿还能吃一碗饭，让我不用担心。父亲知道我心小，怕我为他操心，也怕我路上辛苦。那时，母亲说她非常害怕，从来没有过的害怕。

　　到弟弟给我打电话时，父亲已有呼吸暂停的迹象。

　　夜里两点多，我赶到了老家。远远地看见老家的院子里灯火通明，灯光照在院子外面的杏树上，一树一树的白花花包围了这个小小的院落，我从来没有见过岔里的杏花开得这么繁盛过，难道这预示着什么？

这天晚上，父亲的神志还很清醒，我给父亲点了一支烟，父亲吸了半支就掐掉了。他是抽了一辈子烟的人，现在抽不动了。问他喝茶吗，他说不喝。问他哪里不舒服，他说只是头晕，吃不下东西。看大家都累了，父亲就催大家去睡。这一夜，我和父亲睡在一个炕上。我听见父亲睡一阵，就伸手去开窗户，我问他要干什么，他说他想看看天亮了没，我说还早呢，睡吧。睡了一阵，他又翻了翻身，又去伸手开窗户。

2012年4月27日（农历四月初七日）下午5时54分，父亲一咬牙走完了他的人生路程。我永远都不会忘记父亲离开我们时的情景，以及前前后后的一些人和事。

父亲属猪，生于1935年农历九月初八，到去世时还不满77周岁，虚岁78岁。

5月2日，远远近近的亲戚朋友和岔里人都来祭奠我父亲，岔里人第一次以集体的名义给父亲送了一幅挽幛，挂在上房的房檐下，上面写着"德高望重，流芳百世"八个大字。据说，岔里从来没有这么多人为一个老人送行过。这一天，天上下起了小雨，春天的雨下得像秋天一样。

5月3日早上7点，依然是蒙蒙细雨，岔里人抬着父亲的棺木，在撕心裂肺的唢呐声中，把我的老父亲埋在了岔垴上我奶奶的坟旁边。棺木入土的时候，雨忽然大了起来，花圈和纸钱燃起的大火在雨中红得像一面旗帜，我们兄弟四个和两个妹妹一起大哭。

这天下午，所有的亲戚朋友和岔里人都走了，只留下我们一家人在父亲住过的老屋里黯然伤神。看着父亲睡过的土炕上空空荡荡，我伸手摸了摸，炕还是热的。傍晚的时候，二哥因为家里的农活忙，提前回去了，剩下我们弟兄三个和两个妹妹陪着母亲度过了在杏儿岔最孤独的一夜。晚上，我给弟弟说，从今晚开始，每天晚上一定要让大门口的灯亮着，要不路上太黑，父亲会摸不着自家的门。弟弟答应了。

5月4日，我花了整整一天的时间整理父亲的遗物。我想起了父亲含辛茹苦的一生，想起了他为我们老牛家所做的一切，同时，也在扪心自问，我们每一个做儿女的是否对得起这位从来不服输的老人，我们是不是应该对已经走远的父亲从内心深处表示忏悔？我想到了好多事中的好多细节。

5月5日凌晨4点，我带着妻子、儿子，以及大哥、弟弟、弟媳妇、两个妹妹来到父亲的坟上，把父亲的坟院修整了一下。据说老人入土后的第三天天还没亮的时候，是老人最后看一眼儿女的时间，如果去得早，儿女们也能看到老人。当我们向父亲的坟院走去时，我远远地就朝那里看，我多么希望能看到父亲，但一直到我们忙到天亮，我也没有看见父亲的影子，我知道这辈子再也看不到他了。

5月5日下午，我们简单地带了一些行李，领着母亲离开了岔里。临出门时，我和儿子、妻子一起跪在父亲的遗像前，深深地磕了三个头。本来我有好多话要说，却都堵在嗓子眼里没有说出来。

那天，大门口的杏树上，缀满了血红的花萼……

老牛家的后代，有些离开了杏儿岔，有些却永远留在了那里。

因为好多原因，真的是因为好多好多的原因，2016年农历四月初一，我们给父亲迁了坟，地方还在奶奶的坟旁边，还在他耕种过的那片土地上。

二

母亲跟我在兰州生活了一年之后，想到老家去看看，说看看就回来，但去了之后就住在了弟弟家，再也没有回来。

2014年6月30日，母亲在我弟弟家突患脑梗死，摔了一跤，髋骨骨折，先到会宁县医院住院，又转到定西医院，又回到会宁县医院，其间还在二哥家住了几天。起初，我们不敢给母亲做手术，是因为医生告诉我们手术有很大风险，怕母亲下不了手术台。犹豫了好久，但看着母亲每天被巨大的疼痛折磨着，我们还是下了决心，冒险在县医院给母亲做了髋骨手术。

手术成功，母亲的疼痛减轻了，我们以为恢复一段时间，母亲就可以下地走路了，但我们疏忽了太多。

2015年春节，我带着妻子儿女在弟弟家和母亲一起过年，那时母亲的精神状态还不错。可我回到兰州没几天，母亲又一次脑梗。据弟弟说，母亲是半夜发病的。当我赶到母亲身边时，母亲已不能说话。

母亲弥留之际，我们把她送回了杏儿岔的老家。

2015年农历正月十四日上午7时50分，母亲去世，那一刻，忽然一场大雪铺天盖地……

正月十七日，太阳升起之前，我们在花圈和唢呐的簇拥中，把母亲埋在了杏儿岔的一块苜蓿地里。

我的母亲名叫庞菊花，属猪，出生于1935年农历腊月十七日，去世时不满80周岁。

第四辑 乡村人家

对我们家来说，母亲是可以配得上"伟大"一词的。她在我们家吃了太多的苦，受了太多的罪。她怕亏待了我们任何一个人，却唯独亏待了她自己。她把一生献给了她的土地和她的孩子。

在我的记忆中，母亲从来没有说过她的哪一个孩子不好，也从来没有说过她的哪一个孩子有哪一点不好，即使孩子亏待了她，她也从来没有一句抱怨。她对孩子的爱，是渗透在血液里的。

记得我小时候，腿上长出来一个疮，又红又肿，走路一趔一趄，母亲说一定得找医生看看，但看医生总得花钱，而家里连一分钱都没有，无奈中，母亲就到村里我们一个本家去借。她不但没有借到钱，还被人家讥讽了一通，母亲被钱逼哭了。

还有一件事。那是我在县城上高中的时候，一次，母亲回娘家，天还没有完全亮就出门了，直到家家都点上了灯才到我姥姥家。母亲回来时，我的几个舅舅看我母亲一个人要走那么长的山路，就让母亲坐了班车，但是这趟班车必须在中途的甘沟驿转车，这就让母亲遇到了困难。甘沟到县城需要一元钱的车费，可母亲身无分文。母亲就给司机说，先让她坐车吧，一旦到了县城她就会有钱,因为他的儿子在城里的一中上学,而且学习很好,她会让儿子把钱给司机的。司机没有难为母亲,说看在我母亲有个学习好的儿子的份上,这车费就免了。母亲告诉我这件事时,说她遇见了一个好心人。多少年过去了,我也在心里一直感激那位不知姓名的好心人,也记着母亲当年的贫穷。

母亲有一条包钱的手绢,但只包着几个硬币。母亲把这几个硬币看得很重要,因为每年的正月十五,家里不管多穷也要包一顿饺子吃,没有白面就用杂粮面包,没有肉就用菜来作馅,母亲在饺子中会包进去硬币,说谁吃出硬币,谁在这一年就会有好运。我吃出来过一次,正在高兴的时候,母亲却把那个硬币要走了,说明年包饺子时还要用。我就看着那个亮锃锃的硬币又被母亲包到了她的手绢里。

我参加工作后,有几年特别留意积攒面值一元的纸币。每每在买东西找回的零钱中,如果有一两张是新的一元钱,心里就特别高兴,有时看见超市收银员打开的抽屉里面有崭新的一元纸币,就要求把那张新钱找给我,拿回家放在书架上的那一沓一元钱中。因为我心里一直有个愿望,就是一定要让母亲的钱包里有钱装,别的钱她不认识,我就给她一元的钱，一元钱好认。每到节假日回家，我就在牛皮纸信封里装上一沓面值一元的钱交给母亲，虽然这沓钱看起来很厚，数起来张数也不少，但实际上没有多少钱，可母亲每次总说太多了太多了。

母亲在兰州生活的一年，因为孤独，她让我教她认字，她认识了不少汉字，也认识了数字，她说她认识了数字就认得钱了。我也曾拿出各种面值的钱让母亲认。

那时逢年过节，来看望她的亲戚朋友就给她一百元、两百元的钱，她把这些钱在身上装了些日子就给了她孙子，她说她要钱没有用。

母亲去世后，按照家乡的习俗，我给母亲烧了不少纸钱（这是一种农村习俗，在木头上刻了钱的图案，然后拓在白纸上，烧给去世了的人），不知道她需不需要，有用没用。

思念母亲的日子里，在我写给她的诗歌中，有一首叫《持灯者》，写了母亲保护一盏灯的经过，一位朋友读过后跟我说，读这首诗就会想起燃灯佛的故事。

我相信：世界上所有伟大的母亲都是燃灯佛。

后记

在我的乡村经历中,我曾想过一些无须回答的问题,比如:

雨来到人间,是为了灌溉还是为了洗涤;雪落在大地,是为了覆盖还是为了融化;风奔走在天地之间,是为了吹走还是为了吹来;雷在我们头顶的天空,是为了呐喊还是为了沉默;我们脚下的土地,是为了生长还是为了埋藏;光芒万丈的阳光,是为了普照还是为了寻找;绵延不断的群山,是为了站着还是为了脚步;遮风挡雨的屋子,是为了让人们睡去还是醒来;世间的大路小路,是为了出发还是为了回来;

祖祖辈辈的人们，是为了年轻还是为了年老；而一个村子，是为了接纳还是为了送走……

有时，我也会想想，人类的语言中为什么会有"报复"这个词？比如：

生是对死的报复，爱是对恨的报复，幸福是对不幸的报复，健康是对疾病的报复，沉默是对语言的报复，春天是对冬天的报复，光明是对黑暗的报复，异乡是对故乡的报复，忠诚是对背叛的报复，反之亦然。

但城市和乡村不应该用"报复"。

这些年来，我一直在外奔波，我知道我面对的是一个寻找的世界。在这个过程，我一遍遍回望故乡，一次次用故乡的偏方自我疗伤。在我的书里夹着故乡的几片落叶，在我的书桌上放着一小包来自故乡的五谷杂粮，在我的旅行包里有一把故乡的黄土……

走过的地方多了，经历的事也多了，偶尔会突发奇想：家族的历史是不是会有另一种写法呢？如果我的祖先当年不

后 记

来这里，而是去了别的地方会怎样？如果我的爷爷当年不去当脚户，后来不当生产队的牲口饲养员会怎样？如果我的奶奶不是童养媳，不在半路上失去我的爷爷，老了再老几年会怎样？如果我的父亲年轻时能去外面闯荡一番，而不是后来当了生产队长，更不是在疾病和孤独中终老在那片土地上，现在还活着会怎样？如果我的母亲能被我姥爷送去学堂会怎样？如果她没有遇上我脾气不好的父亲会怎样？或者在我父亲去世后她不再回到老家，不摔那一跤会怎样？如果我们兄弟不是兄弟，不争食不分家不各奔东西会怎样？如果我不在这里上学，不在这里当乡村教师，不去县城，不去兰州会怎样？如果兰州离这里没有这么远，如果那一场雪没有下会怎样？如果我所遇见的人们是另一些人，我所经历的时光是另一些时光会怎样？或者，如果我不去写诗会怎样？

关于自己，我要对故乡说声对不起。几十年来，我读了那么多书，但也辜负过书；写了那么多诗，但也辜负过诗；爱一个人，辜负了爱；恨一个人，辜负了恨；辜负过悲伤，也辜负过幸福；辜负过故乡的山，也辜负过故乡的河；辜负过春天，也辜负过秋天；辜负了亲人，也辜负了自己。如今已渐至年老，故乡能否原谅一个游子？

我在一首诗中这样写道："对于一盏灯，我只说出它头顶的那点火苗/对于一把刀，我只说出刀尖上的那点锋芒/对于春天，我只说出花园里的那只蜜蜂/对于秋天，我只说出最后才落下的那片叶子/对于江河，我只说出源头的那声鸟鸣/对于沙漠，我只说出被风吹出的那一段白骨/对于长天，我只说出夜里最微弱的那颗星/对于大地，我只说出还没发芽的那粒种子/对于时间，我只说出水龙头下的那一声滴漏/对于一个人，我只说出他额头上的那一条皱纹。"

我知道我还有一首诗没有写。我在等杯子里的泥沙沉淀，我在等晨雾里跑出一只白鹿；我在等蜜蜂从花朵上回来，我在等秋天不再有叹息；我在等疼痛的疤痕脱落，我在等白发如棉花一样温暖；我在等所有的歌唱的都是幸福，我也在等给每一个人说声谢谢。我所有的写作，都是在为这首诗做准备。

《大地上的村庄》是我的一本散文集，写了好多年，从大地湾的原始部落，一直写到我的杏儿岔；从一棵大槐树，

后 记

一直写到我的家族，包括自己的有些经历。书中的一部分内容发表过，收入时做了删改；另一部分则是第一次发表，之前一直存放在电脑里，这次删掉了其中的一些细节编入此书。删与不删，斟酌了好久。删掉的，依然在我的记忆里；留下的，只是打开的一扇窗户，读者可从这里望向深邃的天空和天空下的村庄。

面对一个村庄，就是面对历史，也是面对现实，更是面对未来。对我们的村庄，需要我们继续书写。我知道，那里既是富有弹性的起点，也是我们归心似箭的目的。

感谢甘肃文化出版社的深情，希望这本书能得到读者的喜爱！

2023年5月